君の想い出をください、と天使は言った

辻堂ゆめ

角川文庫
21770

Contents

プロローグ.... 5

第一章
想い出を食べた天使.... 9

第二章
星を奪った雨.... 100

第三章
天使が生まれた日.... 206

エピローグ.... 285

プロローグ

『悪魔の計らい』

あるところに、病気がちな若い音楽家がいました。

両親には先立たれ、妻子もいません。立派な城の隣にある古く小さなあばら家に住み、街中でヴァイオリンの演奏をしてはお金をもらって暮らしていました。

彼は、城に住む姫にひそかに思いを寄せていました。ただ、ヴァイオリンの腕が飛び抜けているわけでもなく、いたって平凡な音楽家だったので、姫の前で演奏する機会はなかなか得られませんでした。

音楽家は、あるとき死に至る病にかかりました。狭い小屋の中でひとり熱にうかされていると、どこからともなく悪魔が現れました。

「お前の大事なものと引き換えに、願いを一つ叶《かな》えよう」

悪魔が言いました。死に際を狙って、ある取引を持ちかけてきたのです。

「魂でどうだ。お前の魂を売り渡せば、病気を完治させてやるぞ。それどころか、今後一切病気にかからないようにしてやってもいい。そうすれば、百年だって生きられる」

しかし、音楽家は枕の上で懸命に首を横に振りました。

「おかしいな。人間というものは、寿命を延ばす提案には大抵飛びつくんだが。それが一番の望みでないのなら、いったい何がほしいというんだ。金がいいか。死ぬまでの間に、この世の贅沢《ぜいたく》の限りを尽くせばいい。もしくは女を連れてこようか」

いかにも人間が喜びそうな提案をしても、音楽家は顔を真っ赤にして断り続けます。

「魂を売り渡すのがそんなに嫌か。それなら、身体の一部でもいいぞ。心臓でも、腕一本でも」

それでも音楽家は、「魂も腕も、くれてやるものか」と強情に突っぱねました。

「どうしてそう頑固なんだ。またとない機会だぞ」

悪魔が説き伏せようとしても、一向に提案を受け入れる気配を見せません。途方に暮れた悪魔は、床に臥《ふ》せっている音楽家を見下ろしました。音楽家は苦しそうに呼吸しながら、じっと窓の外を眺めていました。悪魔は、はたと気がつきました。

「本当に寿命を延ばさなくてもいいんだな」

悪魔は念を押しました。

「なら、こうしよう」


翌日、音楽家は城の前の広場へと出かけました。古びたヴァイオリンを持って、広場を囲む城壁に背中を預けます。

城の一番上にある小さな窓をちらりと見上げ、音楽家は演奏を始めました。

ヴァイオリンの音が鳴りだした途端、広場に集まっていたすべての人々が足を止めました。物売りも、城の門番も、はっとした顔で音楽家へと目を向けます。

音楽家は髪を振り乱し、上半身をぐわんぐわんと揺らしながら、ヴァイオリンの音色を広場中へと送り出していました。旋律の隅々まで超絶技巧を織り込んだ、誰も聞いたことのない曲です。まるで悪魔に身体を乗っ取られたかのような演奏に、人々は心を打たれ、声を失いました。

その音色ははるか高く、城のてっぺんまで届きました。小さな窓が開き、姫が顔を出しました。

「なんて美しく気高い音色なの。ねえ、あの人は誰。あんな素晴らしい音楽家、この国にいたかしら」

姫は側近の家来に尋ね、音楽家を城の中に連れてくるよう命じました。彼女の目は大きく見開かれ、頬はほんのりと赤く染まっていました。

音楽家は壁にもたれ、ゆらゆらと身体を上下に揺すりながら、魂の叫びのような演奏を続けました。姫へ捧《ささ》げる魂も、ヴァイオリンを掻《か》き鳴らす腕も、悪魔になど売り渡せるわけがありません。

音楽家は、片脚を失っていました。

『お前の脚一本と引き換えに、魂の一曲を与えよう』

悪魔は、悪魔らしからぬ計らいをしたのです。

壁に寄りかかるようにして、愛する姫へ捧げる一曲を弾き終えた音楽家は、その場にばたりと倒れました。姫の家来が駆け寄りましたが、彼はすでに事切れていました。

音楽家は、幸せでした。

第一章
想い出を食べた天使

「お名前は？」

（……河野《こうの》夕夏《ゆか》）

「答えられますね。じゃあ次。住んでいるところは？」

（ええっと……ああ、そうだ）

「年齢は？」

（頭、痛いな）

「百ひく七は？」

（小学生じゃあるまいし）

「ありがとう。ちょっとだけ、目を開けられますか。これは何色？」

その言葉で初めて、自分がずっと目をつむっていたことに気づく。

まぶたを持ち上げると、薄暗かった視界に白い光が差し込んだ。眩《まぶ》しくて、もう一度目を閉じそうになりながら、差し出されたボールペンを見やる。

「青、です」

頭も、身体も重かった。質問に答えるのがやっとで、思考が追いつかない。視界もなんだかぼんやりとしていた。しばらくして、自分の身体に白い布団がかけられていて、左腕からは点滴の管が伸びていることに気づく。

「ここ、病院……ですか」

「そうですよ」

真面目そうな中年の医師が、ベッドの上に身を乗り出しながら大きく頷《うなず》いた。

「三日前に、救急車で運ばれてきたんです」

夕夏の思考能力が低下していることを分かっていてか、医師はゆっくりと説明した。

職場で働いている最中に突然倒れ、救急搬送された。原因は脳腫瘍《のうしゅよう》。意識が戻らず、腫瘍内に出血も見られたため、緊急手術を行った。今は手術後初めて目を覚ましたところで、損傷を受けた脳の部位がないかどうかの確認をしている。

「運ばれてきたときはわずかに意識があったようですが、覚えていますか」

医師の言葉を聞き、そのときのことを思い出そうとする。だが、何も浮かんでこなかった。それでも考え続けようとすると、急に頭が痛くなった。頭蓋骨《ずがいこつ》を内側から金槌《かなづち》で殴られているような、ひどい痛みが夕夏の息を止める。

「大丈夫ですか」

めてよかった」

「丸三日以上意識を失っていましたからね。無理はしないでください。とにかく、目覚
仕事中に倒れたなんて、と申し訳ない気持ちになる。上司の後藤聡子《ごとうさとこ》や周りの先輩方にずいぶんと迷惑をかけてしまったに違いない。もし接客中だったとしたら、お客様にもだ。

枕元で心電図の音がする。医師の話を自分のこととして受け入れるまでには時間がかかった。さらにいくつかの質問に答え、指示に従って手足を一本ずつ動かしていくうちに、ようやく緊急手術の事実を実感し始める。幸いにも、答えられない質問はなかったし、手足が麻痺《まひ》している様子もなかった。

「手術は、上手《うま》くいったんですか」

まぶたの重みを感じながら、夕夏は医師に問いかけた。

その途端、医師の顔が暗くなる。

目の奥の光がすっと消え、口が真一文字に結ばれた。

「MRI画像の段階では、まだどちらともいえなかったんです。良性腫瘍か、それとも悪性腫瘍なのか。ですが、実際に手術をしてみたところ――」

医師は重々しく言いながら、夕夏の顔を覗《のぞ》き込んだ。

「……いえ、今はやめておきましょうか。明日、正式な診断が出てからにしましょう」

意識が戻ったばかりの夕夏の体調に配慮したのかもしれない。だけど。

何もそんなところで止めなくても、と思う。

医師のひどく沈痛な面持ちを見れば、腫瘍が悪性だったということは一目瞭然《りょうぜん》だった。

頭の中に、深い霧が立ち込めているようだった。身体は重く、絶えず頭痛がしている。吐き気もするし、目の焦点も合わない。

「長く話すと疲れるでしょう。もう夜の十一時ですから、いったんお休みなさい。電気、消していきますね」

しばらくすると、医師はベッドの脇の丸椅子から立ち上がり、病室を出ていった。電気は消えたが、真っ暗にはならなかった。枕元にいくつもあるディスプレイが発する光が、白く狭い病室の中をぼうっと照らしている。

悪性腫瘍。

つまり、がん。

医学に詳しくない夕夏にも、それくらいの知識はあった。

自分の脳は、がんに侵されている。しかも、先ほどの医師の言いにくそうな口調からして、今回の手術は失敗に終わったようだった。腫瘍を完全に除去することができず、がん細胞が頭の中に残ってしまったのかもしれない。

死んでしまうと思うと、急に怖くなった。

涙がじわりとあふれ、頬を伝う。病気の前兆など、感じたこともなかった。今こうしていろいろな管に繋《つな》がれて集中治療室に寝ているというのが、あまりにも唐突で、現実味のない光景だった。

白い布団に顔をうずめ、目をつむる。長い間、夕夏はそのまま声を殺して泣いた。意識がまだはっきりしないせいか、夕夏は夢と現実の間をさまよい続けた。泣きながら眠り、泣きながら起きる。その間も、枕元の機械音は止むことがなかった。

どれくらいの時間が経っただろう。――ふと、近くに人の気配を感じた。

ベッドの脇に、背の高い青年が立っていた。

これは夢の中か、それとも現実なのか、夕夏には判断できなかった。ディスプレイから発される光が青年の顔に当たり、その透き通るような肌の白さを強調する。

茶色がかった髪、色素の薄い瞳《ひとみ》、そしてつややかな赤い唇。彼の服装は全身真っ黒で、両手に白い手袋をはめていた。

この世のものともつかない美しさに、夕夏はしばらく目を奪われた。途中で、彼の視線が自分へと注がれていることに気づき、はっと息をのむ。

「泣いていたの」

黒い服を着た青年が尋ねてきた。肌をそっと撫《な》でるような、柔らかく静かな声だった。

「知ってるよ。もうすぐ、病気で死んでしまうかもしれないんだよね」

彼が言葉を続ける。夕夏は一言も喋《しゃべ》ることができずに、青年の濡《ぬ》れた瞳をまっすぐ見つめた。

誰ですか、と訊《き》こうとする。だが、声が出なかった。

「僕と取引をしないか」

長い沈黙の後、青年が一歩前へと踏み出し、身をかがめた。

「君の命を助ける。その代わりに、君の最も大切なものを一つ奪う」

彼の言葉は幻想的な響きを放った。霧がかかった夕夏の思考の中に、青年の提案がするりと入り込んでくる。

命が助かる。

でも、私の最も大切なものが、奪われる。

夕夏は、これまでの二十余年の人生に思いをめぐらせた。仕事は漫然とやっているだけだし、友人は少ない。大事にしている趣味や宝物もないし、故郷もない。

お金も地位も才能も、何も持っていない。別に、何を取られたとしても、人生が大きく狂うことはない。

それくらいのことで命を助けてもらえるのなら、この青年の言うとおりにしてみようか――。

「お願いします」

夕夏は青年に向かって言った。

「取引成立、だね」

ぼんやりとした意識の中で、彼の囁《ささや》き声が聞こえたような気がした。夕夏はそのまま目をつむった。どっと疲れに襲われる。

次に夕夏が目を開けたとき、青年の姿は病室から消えていた。


おはようございます、と耳元で話しかけられ、目が覚めた。

天井の白い光が眩しく、また目をつむりそうになる。ここはどこだろう、と一瞬考えてから、病院の集中治療室だということを思い出した。

「よく眠れましたか」

「……はい」

答えながら、目の前に現れた男性医師の顔を眺める。おそらく昨夜ここで話した医師のはずだが、確信は持てなかった。丸三日以上に及ぶ深い眠りから覚めたばかりだったからか、昨日の記憶はところどころ非常に曖昧《あいまい》だった。

「だいぶ顔色がよくなりましたね。ご気分はいかがですか」

「頭が痛いです」

「痛いのは内部ですか、それとも頭皮ですか」

「……どっちも」

「手術からまだ数日ですからね。しばらく痛みは残ると思います」

痛み止めの量を増やしておきましょう、と隣に控えていた看護師に告げ、医師はベッド脇の丸椅子に腰を下ろした。

「申し訳ないですが、いくつか質問をしますので、しっかり答えてくださいね。お名前は?」

「河野夕夏です」

「生年月日は?」

「一九九三年七月三十一日」

「血液型は」

「B型です」

「ご住所は」

「東京都三鷹《みたか》市――」

夕夏がよどみなく答えていくと、医師は「昨日より顔色もいいし、調子がよさそうですね」と緩やかに微笑んだ。

「では、現在の年齢を教えてください」

「二十三歳です」

矢継ぎ早に質問していた医師の眉《まゆ》がぴくりと動いた。後ろに控えている若い看護師が、驚いた顔をして手元のカルテと夕夏を交互に見やる。

「もう一度聞きます。ご年齢は?」

「だから……二十三歳です」

「では、お仕事は何をされていますか」

「銀行員です。窓口業務をしています」

「働き始めてから、どれくらいになりますか」

「まだ半年も経っていません。今年の新入社員なので」

看護師がはっと息を呑《の》んで、医師の顔に目を向けた。医師は額にしわを寄せ、深刻そうに腕を組んでいる。その反応の意味が分からず、夕夏は目を瞬いた。

「すみません、ちょっと変なことを訊きますが」医師が身を乗り出し、夕夏の顔を至近距離から覗《のぞ》きこんだ。「今年の箱根《はこね》駅伝は、どこの大学が勝ったか覚えていますか」

「え？」

想定外の質問に、夕夏は医師の顔を見つめ返す。「もし覚えていれば、で結構です」と医師に促され、夕夏は戸惑いながら今年一月の記憶を掘り起こした。

「……青学《あおがく》、ですよね。最近急に強くなってきて、連覇したんじゃなかったかと」

「何連覇でしょう」

「二連覇、です」

普通、『連覇』といえば二連覇のことを指すのではないだろうか——と首を捻《ひね》りながら、医師の顔を眺める。ふむ、と声を漏らし、彼はまた考え込んだ。

「もう一つ質問させてください。今のアメリカの大統領は誰ですか」

「オバマ大統領です」

「そうですか。オバマの次は誰になるか、分かりますか」

「ヒラリー・クリントンか、トランプ、でしたっけ」

「現在、二人に絞り込まれている段階ということですね」

「そうだと思いますけど……違いますか？」

「いえ、合ってますよ。合ってるんですけどね」

医師は意味深長に呟《つぶや》き、顎《あご》に手を当てた。「ごめんなさい、もう一つだけ」と彼は何とも言えない表情のまま尋ねる。

「去年、将棋で歴代最多連勝記録を樹立した中学生プロ棋士の名前、分かりますか」

「将棋はあまり詳しくなくて。そんなすごい人がいたんですか」

「分かりました。ありがとうございます」

医師は軽く頭を下げ、「ちなみに、今日の日付は答えられますか」と自身の腕時計に目を向けた。「西暦からお願いします」

「二〇一六年、八月——すみません、日付までは」

「今日は八月二十一日です」

腕を下ろしながら、医師がさらりと答えた。その後ろで口元を押さえている若い看護師の表情が、妙に気になる。綺麗《きれい》な顔立ちをした看護師は、目を大きく見開き、やや潤んだ目で夕夏のことを見下ろしていた。

しばらくの沈黙の後、医師は後ろを振り向き、看護師に二言三言何かを囁いた。看護師はそっと頷《うなず》き、夕夏を見守るようにベッド脇に佇《たたず》む。やがて、丸椅子に座った医師は両手の指を組み合わせ、ゆっくりと切り出した。

「脳腫瘍《のうしゅよう》で倒れて緊急手術を受けたということは、昨夜お話ししましたよね。覚えていますか」

はっとして医師の顔を見る。死ぬのが怖くてずっと泣いていたことを、今さらのように思い出した。

「実は先ほど、腫瘍が良性か悪性かの確定診断が出ました」

とうとう、余命宣告をされるときが来たのだ。

昨夜の絶望感が戻ってきて、夕夏は思わず身を縮める。

「正直に申し上げると、昨夜の時点では悪性とお伝えしようとしていたんです。事前の画像診断でも、術中迅速診断でも悪性という結果でしたから」

医師が一瞬、言葉を止める。

「しかし、診断が覆りました」

「……覆った？」

「摘出した腫瘍を改めて病理医が顕微鏡で確認したところ、一転して良性という結果が出たんです。我々も非常に驚きましたよ。当院の術中迅速診断の正診率は九十パーセントを超えますから、今回もほぼ悪性だろうということで意見が一致していたんです」

よかったですね、と医師と看護師が顔をほころばせる。夕夏はぽかんとして、喜色満面の笑みを浮かべている二人のことを見つめた。

「私、死なずに済むんですか」

「立場上断定はできません。ただ、現時点では安心していただいてよいかと思います」

ですが――と、医師が不意に表情を硬くした。喜びに浸ろうとしていた夕夏の心は、すぐさま引き戻される。

「落ち着いて聞いてくださいね。……どうも、河野さんは現在、過去二年間の記憶を失くされているようです」

「……え？」

「今日は、二〇一八年の八月二十一日です。一九九三年七月生まれの河野さんは、現在二十五歳。お勤め先の銀行では、働き始めて三年目になるそうで――」

今年の一月に、青山学院大学は箱根駅伝で四連覇を成し遂げたこと。

二年前にアメリカでは大統領選が行われ、共和党のドナルド・トランプが当選したこと。

去年、将棋界には藤井聡太《ふじいそうた》という十四歳の新星が現れ、前人未到の公式戦二十九連勝という記録を叩《たた》きだして一躍日本中の人気者となったこと。

医師は申し訳なさそうに語った。その説明を、夕夏は呆然《ぼうぜん》として聞いた。

――私が、社会人三年目？

――二十五歳？

どれも、まったく記憶にない。青山学院大学が四連覇したことも、トランプ大統領が誕生したことも、中学生プロ棋士が二十九連勝などという成績を収めたことも。

「何言ってるんですか。だって、ついこの間、伊勢志摩《いせしま》サミットにオバマ大統領が来てたじゃないですか」

「それは二年前のことなんです」

「私、まだ二十三歳になったばかりですよ。半年前までは大学にいましたし」

「記憶を失くされているから、そう感じているだけなんですよ」

からかわれているのかと思ったが、医師の表情は真剣だった。後ろに控えている看護師の顔には同情の色さえ浮かんでいる。

——嘘だ。

急に吐き気が込み上げてきて、夕夏は口元を押さえた。呼吸が速くなり、息が苦しくなる。全身から汗が噴き出すと同時に、目の前の景色に青いヴェールがかかり、意識が遠のいた。

——嘘だ、嘘だ。

「河野さん？　落ち着いて、深呼吸して」

若い看護師の声が聞こえ、肩をつかまれる。吸って、吐いて、という彼女の優しい声に呼吸を合わせると、白い病室の光景が目の前に戻ってきた。

「記憶の混乱は、手術のショックによる一時的なものかもしれません。ですから、どうかゆったり構えて、記憶が戻るのを待ちましょう」

パニックに陥りかけている夕夏を落ち着かせようとする看護師の声に、医師の声もかぶさった。

たぶん違う——と夕夏は直感する。

これは、一時的な記憶喪失などではない。

昨夜、亡霊のように突然病室に現れた、黒い服の美青年。その姿が、突如まぶたの裏によみがえる。美青年の幻想的な声が、再び夕夏の耳の中で響いた。

——君の命を助ける。

——その代わりに、君の最も大切なものを一つ奪う。

昨夜のことは、かろうじて覚えている。あのとき彼は、取引が成立したと言っていた。

あれは夢ではなかったのだ。彼と会話をしたのは、現実の出来事だった。

悪性とされていた脳腫瘍の診断が、一晩で良性へと変わった。

そして、今朝になって、夕夏が過去二年間の記憶を失っていることが判明した。

つまり——あの美青年が、『取引』を実行したのではないか。

夕夏の命を助けた。

その代償として、夕夏が倒れる前までの丸々二年分の記憶を、綺麗さっぱり消してしまった。

きっと、そうだ。

夕夏は、『最も大切なもの』——すなわち二年分の記憶と引き換えに、死の淵《ふち》からすくい上げられた。ただし、奪われた記憶の内容は分からない。

この二年間に、いったい何があったのか。

思い出そうとすると、頭の痛みがいっそう増す。

黒い服、白い手袋、色素の薄い瞳《ひとみ》、赤い唇。暗い病室にぼうっと浮かび上がっていた青年の姿かたちを思い出しながら、夕夏は頭の中で問いかけた。

――あなたは……誰？

*

その日の午後には、集中治療室から一般病室に移された。

ストレッチャーに乗せられ、「せーの」の掛け声とともに勢いよく新しいベッドへと移される。ただでさえ頭痛がひどく、ましてや開頭した傷口にはまだ血液などを排出するためのドレーンの管が刺さったままなのに、看護師たちはずいぶんと手荒い。

しかし、その中にも、一際優しい女性がいた。今朝、脳腫瘍の確定診断と記憶喪失について告知されたときに、そばについていてくれた若い看護師だ。薄ピンク色のナース服の胸元には、『岡桜子《おかさくらこ》』と印字されたネームプレートがつけられていた。

夕夏の脳腫瘍摘出手術が十一時間にも及んだことや、家族への連絡を試みたが連絡先が分からず警察に調査依頼を出したことを、岡は丁寧に話してくれた。

「指紋認証機能か顔認証機能がついていれば、救急隊員が中を見て親御さんに連絡できたんですけどね」

そう言って岡が手渡してきたスマートフォンは、見覚えのある形をしていた。どうやら、この二年の間に機種変更はしていなかったらしい。ただし、パスコードが変わっていて、セキュリティロックを解除することはできなかった。

そもそも、指紋認証や顔認証といった生体認証技術がすでに普及していることに驚いた。二〇一六年時点で指紋認証機能つきのスマートフォンが発売されていた記憶はあるが、顔認証のほうは聞いたことがない。

「公衆電話が院内にあるので、使いたい場合は言ってくださいね。車椅子を持ってきますから」

岡の言葉を聞いて最初に頭に浮かんだのは、上司の顔だった。

「あの、職場に連絡したいんです。荷物の中に名刺入れがあると思うので、それを取っていただけませんか。私の名刺に、支店の代表電話番号が――」

そこまで早口で言ってから、ふと気がつく。

自分は、新卒で配属された三鷹支店に、まだ勤めているのだろうか。

配置替えがあったのではないか。

上司は変わったのか。

三年目ということは、後輩もいるのではないか。

夕夏の混乱を察したのか、岡は「心配しなくて大丈夫ですよ」と微笑んだ。

「上司の後藤聡子さんから伝言を預かってます。『体調が落ち着くまでは無理しないで、ゆっくり休みなさい。元気になったら連絡して』だそうです」

「後藤代理……ってことは、支店は変わっていないんですね」

「ええ。うちの病院に運ばれてくるってことは、三鷹市内で救急車が呼ばれたってことですから」

三鷹水陵会《すいりょうかい》病院というのがこの病院の名前だ、と岡は教えてくれた。それを聞いてほっと息をつく。支店が変わっていないということは、住んでいるアパートもきっとそのままなのだろう。

後藤聡子というのは、配属当初からお世話になっている夕夏の上司だ。ということは、部署も営業事務係のままなのだろうか。

「ご家族に連絡を取ろうとしたとき、後藤さんにもご協力いただいたんです。どうも会社で把握していたご実家の電話番号が間違っていたとかで、慌てていらっしゃいました」

「それは……申し訳なかったです」

間違っていた、のではない。

わざと間違えたのだ。

東京に出てきて以来、『緊急連絡先』を書く欄には毎回誤った住所や電話番号を記入していた。特に意味もなく、なんとなく始めたことだ。強いて言うなら、もう自分のことで故郷の家族を煩わせたくないというのがその理由だった。

だが、それは無駄な抵抗だったらしい。救急搬送された患者の緊急連絡先が分からない場合、病院が身元確認のため警察を頼るということを、夕夏は今の今まで知らなかった。

「問題ないですよ。今朝、ご家族と連絡が取れましたから。すぐに向かうとのことだったので、もうすぐ到着されると思います」

「……ありがとうございます」

正直、気が重かった。長野にいる家族とは、四年以上――いや、二年間の記憶を失くしているということはおそらく六年以上――会っていない。

「あの、すみません」

「何ですか」

「両親は、知っているんでしょうか。私が、記憶を失くしていること」

「電話に出たお母様には、私の口からお伝えしておきました」

「何か言っていましたか」

「いえ、特には……でも、ショックを受けておられるようでした」

岡は眉尻《まゆじり》を下げ、小声で囁《ささや》いた。夕夏が二年分の記憶を失ったことに対し、一看護師として心を痛めているようだった。

「何かあったら、ナースコールのボタンを押してくださいね」

端整な顔に再び笑みを浮かべ、岡は病室を出ていった。外見だけで判断すると同い年くらいにも見えるが、あの落ち着いた話し口からすると、いくつか年上なのかもしれない。

病室は四人部屋だった。それぞれのベッドの周りにはカーテンが引かれていて、他の入院患者の様子は見えない。夕夏にとっても、そのほうが落ち着いた。知らない人と喋《しゃべ》るのはそれほど得意ではない。

一人になると、ついつい失った記憶のことを考えてしまう。

考えすぎるとひどい頭痛に襲われるため、医師からは「無理に思い出そうとしなくていいですよ」と言われていた。だが、気にしないでいるほうが難しかった。

この二年間で、世の中はどう変化しているのか。自分の人間関係は以前のままなのか。同じ支店で働いているにしても、現在の仕事内容は何なのか。そして、あの美青年はいったい誰なのか。

ふわふわと宙に浮いているような、不思議な気分だった。自分のことが自分で分からないということが、これほど恐ろしくて落ち着かないものだとは想像したこともなかった。

昨夜と違って、意識ははっきりとしていた。二〇一八年現在の社会の様子を知るためにもニュース番組を見たいところだったが、テレビカードを買いに行くために看護師をわざわざ呼びつけるのも気が咎《とが》める。結局、夕夏はベッドに背をもたせかけたまま、考え事をして暇な時間をやり過ごした。

病室のドアが開き、聞き覚えのある声が耳に飛び込んできたのは、いくら思い出そうとしても記憶が戻らないことに夕夏が焦りと苛立《いらだ》ちを感じ始めた頃だった。

「河野夕夏の家族なんですけど……どのベッドですかね」

「あ、右奥ですか？　ありがとうございます」

看護師と中年男女のやりとりの後に、夕夏のベッドを囲っていたカーテンが控えめに開く。

「お姉ちゃん！」

最初に飛び込んできたのは、父でも母でもなく、小学校中学年くらいの男児だった。心配そうに駆け寄ってきて、「大丈夫？」と尋ねてくる。

「……翼《つばさ》？」

驚きのあまり、反応が遅れた。そう問いかけると、翼は満面の笑みを浮かべて頷《うなず》いた。

「今、何歳？」

「十歳だよ。小学四年生！」

翼の得意げな答えを聞き、軽く目眩《めまい》を覚える。最後に会ったのは、二〇一二年の三月だ。当時、弟の翼は四歳だった。

保育園に通っていた弟がすでに小学四年生になっているという事実が、時の流れを残酷なまでに突きつける。

「こら翼、お姉ちゃんがびっくりするでしょう」

弟の後ろから、母、続いて父がカーテンの中へと入ってくる。少ししわの多くなった母は、ハンドバッグを両手で握りしめ、心配そうな顔でこちらを見ていた。父も、やや髪が薄くなったようだった。娘とどう接するべきか考えあぐねている様子で、気まずそうに身を縮めている。

「……久しぶり」

口を開こうとしない両親に、夕夏のほうから話しかける。すると、両親は我に返ったかのように「久しぶり」と挨拶《あいさつ》を返した。

「高校卒業以来……だよね。それとも、この二年の間に会ったりした？」

念のため尋ねると、両親と弟は揃って首を左右に振った。

「会ってないな」父が目を逸《そ》らしたまま答える。「夕夏に会うのは、六年半ぶりだ」

「二年分の記憶がなくなっちゃったって聞いてたけど、本当だったのね」

母がベッドへと近づいてきて、苦しそうな表情を浮かべた。「大丈夫？　手術の傷はまだ痛いの？」

「うん」

「ガーゼが貼ってあるだけなのね。包帯でぐるぐる巻きなのかと思ってた」

「意外とね」

「身体はまだ動かせないのかしら」

「歩くのはまだ。食事は介助なしでできるけど」

高校卒業ぶりに会った家族にどういう態度を取ればいいのか分からず、自然とつっけんどんになる。母はそれ以上質問することなく、困った顔をしてベッド脇に突っ立っていた。父も、落ち着かなげにカーテンを開いたり閉じたりしている。

弟の翼だけが、無邪気に夕夏のそばへとすり寄ってきた。

「お姉ちゃんって、今、東京で何してるの？」

「銀行で働いてるよ」

「へえ、銀行！　知らなかった。受付のお姉さん？」

「そう」

「お金を数えるの、速い？」

「普通の人よりはね」

「今度やって見せてほしいな」

ハキハキと喋る、利発そうな少年だった。家の中で転んでは泣いてばかりいたあの保育園児と同一人物とは思えない。笑うと細くなる目や、少し面長の輪郭は、自分との血の繋《つな》がりを彷彿《ほうふつ》とさせた。

この少年が自分の弟なのか、と不思議な気分になる。

しばらくの間、翼の質問攻めが続いた。両親は、どうしていいか分からない様子で、夕夏と翼のやりとりを無言のまま眺めていた。

「それにしても、脳腫瘍《のうしゅよう》だなんて、ねえ。まだ――二十五歳なのに」

翼がいったん夕夏との会話を休止したタイミングで、母が恐る恐る口を開く。長いあいだ離れていたからか、夕夏の年齢を言うときに一瞬考えるそぶりをしていた。

――そうか、二十五歳か。

まったく歳を取った実感がわかない。今が二〇一八年で、自分はすでに二十代後半に突入しているということを、ふとした瞬間に忘れそうになる。

「こんなに巨大で綺麗《きれい》な病院が、東京にはあるんだな」

父が田舎丸出しの口調で言い、もじもじと身体を動かした。

「地元の小さな医院か、年季の入った総合病院にしか行ったことがないからさ。なんだか、落ち着かねえな」

「出産のときに私が入院したのも、隣町の産婦人科クリニックだったものねえ」

両親の会話に、「僕もそこで生まれたの？」と翼が口を挟む。

「そうよ」

「お姉ちゃんも？」

「うん、同じところでね」

「星羅《せいら》お姉ちゃんも？」

「……もちろん」

母が答えるまでには一瞬の間があった。母がこちらを見やったのを感じ、そっと目を逸らす。

星羅、という名前は、いつも夕夏の胸に重くのしかかる。

夕夏が冷ややかな態度を取っていることに気づいたのか、母が慌てた様子で話題を変えた。

「今日はこのまま、東京に泊まろうと思うの。警察の方から連絡を受けて、急いで家を出てきたから、まだ宿も取ってないんだけど」

「大丈夫なの？　東京のホテル、高いよ」

「お金のことはいいのよ」

「でも、仕事は？」

「お父さんは明日には帰らないといけないけど、私の事務仕事はパートさんにお願いしておいたから。翼もちょうど夏休みだし」

「僕、東京来たの初めてなんだ！　ディズニーランドに行きたいな」

翼が興奮した様子で身体を縦に揺する。「観光に来たわけじゃないのよ」と母が叱ると、翼はしゅんとした顔をした。

「せっかく来たんだから、連れていってあげれば？」

「でも」

「ずっとここにいても疲れるでしょ。良性の腫瘍を取っただけだから、別に死ぬわけじゃないし」

本当は、悪性腫瘍だったかもしれないんだけど。

――ということは、家族には言わない。

病室に美青年が現れて取引を持ちかけたなどと人に話そうものなら、記憶喪失のみならず幻覚まで見始めたと誤解されてしまいそうだった。それに、実際にあれが自分の妄想だった可能性も否定できない。

言葉の隅から隅まで気を使いながら話していると、次第に傷口の痛みがひどくなってきた。頭痛のせいで吐き気もする。「そろそろ休みたいな」と夕夏は途中で三人に告げ、目をつむった。

「あ、ごめんね、たくさん喋《しゃべ》らせちゃって。疲れたよね。うちに残ってた夕夏の服、一応持ってきたから、ここに置いておくね」

「ゆっくり寝ろよ。また明日、三人で来るから」

両親がしどろもどろに言う声が聞こえ、靴音が遠ざかっていった。「お姉ちゃん、じゃあね！」という翼の溌剌《はつらつ》とした声を最後に、午後の陽光が差し込む病室はしんと静まり返る。

――父や母は、迷惑に思っていないだろうか。

自分だったら、複雑だ。高校卒業と同時に書き置き一つを残して家を出た娘と、何年か後に東京の病院で顔を合わせることになったら。

そんなことを考えながら、眠りについた。

夕方の回診の時間に起こされるまで、夕夏はぐっすりと眠っていた。痛み止めの副作用なのか、起きてからも眠気はなかなか飛んでいかなかった。普段眠りは浅いほうなのに、珍しい。

上半身を起こそうとして、テーブルの上にテレビカードとメモが置いてあるのに気がついた。

『入院中は退屈でしょう。これでテレビでも見てください。お母さんより』

その後、夕食の配膳《はいぜん》にやってきた中年の看護師がそれを見つけ、「ああ、入れときますね」と勝手にテレビカードを挿入口にセットしていった。昼間に世話を焼いてくれた岡桜子に比べると、ずいぶんとぞんざいな態度だ。すでに夜勤担当へと交替しているのか、岡の姿が見えないのは残念だった。

テレビをつけてみると、どこのチャンネルもスポーツニュース一色だった。ちょうど今日、甲子園の決勝戦が行われ、大阪桐蔭《おおさかとういん》高校が優勝、秋田代表の県立金足《かなあし》農業高校が準優勝という結果になったらしい。公立高校が決勝に進出したことよりも、第百回甲子園大会というキリのいい数字に驚いた。

夕食後も、バイタルチェックや点滴交換の合間に、ニュース番組を中心にテレビを見続けた。すると、たびたび耳慣れない言葉が耳に入ってきた。『東京オリンピックまであと二年』というカウントダウンや『先月には埼玉県熊谷《くまがや》市で観測史上最高の四十一・

一度を記録』という猛暑関連の報道もそうだが、中でも『平成最後の夏』という言葉には度肝を抜かれた。元号というのは、天皇が亡くなったときに変わるものではなかったのか。二〇一六年の夏で止まっている自分の常識があてにならないことを思い知らされる。

そういえば、リリース直後から社会現象化していたポケモンGOは、今でも流行しているのだろうか。

国民投票で決まったイギリスのEU離脱は、もう完了しているのだろうか。

つい最近――のように感じているだけで、実は二年前――の出来事をいくつか思い出してみる。だが、スマートフォンが使えないため検索することもできなかった。

二十一時の消灯と同時に、テレビを消して目をつむった。マナーがいい患者ばかりなのか、それとも喋ったり動いたりする体力さえないのか、病室内は静かだった。しばらくは廊下を行き来する看護師の足音やキャスターの音が聞こえていたが、やがてそれも気にならなくなった。

どれくらい時間が経っただろうか。

すっと頬を冷たいもので撫《な》でられたような心地がして、目が覚めた。

暗い病室に、人が佇《たたず》んでいた。ベッドのすぐ脇に、黒く細長いシルエットが浮かび上がっている。

あの青年だ、と瞬時に分かった。黒い長袖《ながそで》シャツに、黒いズボン。闇を吸い寄せるようなその色とは対照的な、白い手袋と白い肌。

思わず、あ、と声を漏らした。すると彼がこちらを見やり、身をかがめた。

「起こしてしまったかな」

柔らかい響きの声と、ほのかに甘い匂いのする吐息が、至近距離で感じられる。

「気分はどう？」

その問いには答えず、夕夏は上半身を起こそうとした。しかし、丸三日間ベッドで生活しているからか、腹筋に力が入らない。「無理しちゃダメだよ」と制止され、夕夏は横になったまま背の高い青年を見上げた。

「本当に……『取引』を実行したの？」

「そうだよ」

「私の命を助けて、記憶を消した？」

美青年は何も言わずに微笑んだ。しばらく見つめ合った後、「君が体験したとおりだよ」と囁《ささや》く。

「どうしてこの二年間なの」

「それは教えられない」

「この二年のうちに、何かがあったってことでしょう」

「かもしれないね」

「『最も大切なものを一つ奪う』って言われた覚えはあるけど、それが記憶だなんて聞いてなかった」

「認識に齟齬《そご》があったなら謝るよ」

青年は夕夏の詰問をさらりとかわした。

「気になるなら、自分の手で見つけ出してごらん。この二年間で何があったのか。自分がどういう人と関わってきたのか。――ね、河野夕夏さん」

「どうして私の名前を知ってるの」

「僕が……〝悪魔〟だから、かな」


――〝悪魔〟？


青年の言葉に、理解が追いつかなかった。夕夏が呆然《ぼうぜん》と彼の姿を見つめているうちに、青年は身を翻してカーテンの隙間から出ていってしまった。

「ちょっと待って」

呼び止めたが、青年は帰ってこなかった。その代わりに、ゆっくりお休み、という声が聞こえたような気がした。

やっぱり夢みたいだ、と考える。取引、記憶、悪魔。現実感のない言葉の数々が、夕夏の脳内で浮遊する。

そしてまた、自分でも気づかないうちに、夕夏は眠りに落ちていた。

＊

エリーゼのために。

その曲をいつか弾くことを、夕夏はピアノを始めた四歳の頃からずっと夢見ていた。同じピアノ教室に通っている小学生のお姉さんが、発表会で弾いていた。薄いピンク色のふわふわしたドレスを着て、グランドピアノの前でうやうやしくお辞儀をして。客席で見ていた夕夏は、精一杯拍手をした。そして、隣の席に座っていた星羅に、興奮しながら話しかけた。上手だね、かっこいいね、小学生ってすごいんだね、と。

その曲を今、小学二年生になった星羅が弾いている。

床に置いたキーボードのそばで、夕夏はずっと手を組み合わせていた。うちにあるキーボードは、ペダルもないし、音の強弱もつけられない。それなのに、星羅が弾く『エリーゼのために』は、夕夏があの日聞き惚《ほ》れた小学生の演奏より美しかった。細かい音の粒が空気中に広がって、耳のそばを勢いよく駆け抜けていく。そんな爽快感《そうかいかん》に、夕夏はすっかり心を奪われる。

――星羅、すごいよ。こんなに難しいの、どうして弾けるの？

――えー、意外と難しくないよ。教えてあげようか。

――無理だよ、星羅みたいに上手《うま》くないもん。

家のリビングの片隅。お父さんとお母さんが仕事場に出かけている間の、二人だけの小劇場。

夕夏という観客がいることに満足して、星羅は次々と難しい曲を弾き続ける。

エリーゼのために。

トルコ行進曲。

貴婦人の乗馬。

そのたびに、胸の中で尊敬が膨らんだ。その才能をみんなに見せて回りたくなった。姉妹であることを誇りに思った。そして、一曲弾き終わるたびに、大きな音で拍手をしながら、星羅に向かって繰り返した。

――すごいなあ。本当にすごいなあ、星羅は。

＊

窓の外では、朝から小雨が降り続けていた。

朝の回診に来た医師が、「せっかく窓際のベッドなんですから」とカーテンを開けたのだった。ただ、窓の外に見える空はどんよりとしていて、一向に気分は晴れない。

夕夏は、雨が嫌いだった。

薄暗い病室の中で、〝あの日〟のことを思い出す。

記憶しているのは、音だった。車の屋根を打つ、激しすぎる雨の音。勢いよく吹きつけては車体を揺らす風の音。十三年前——いや、もう十五年前のことだ。

星羅、と彼女の名前を小さく呟《つぶや》く。

「河野夕夏さーん、お母様と弟さんがみえましたよ」

よく通る綺麗《きれい》な声で呼ばれ、ふと我に返った。病室のドアが開き、看護師の岡桜子がひょっこりと顔を出す。入院から八日目、一般病室に移ってからは四日目。短い期間であるにもかかわらず、岡は夕夏の家族の顔まで覚え、何かと明るく声をかけてくれるのだった。

よくできた看護師だ、と思う。夕夏が看護師だったとしたら、一人一人の患者にこれほど細かく気を配ることはできないだろう。

上半身を起こし、脚をベッドから降ろした。点滴棒をつかもうとした手が空を切る。そういえば、今朝の回診を最後に、夕夏は点滴生活から卒業したのだった。

夕夏の身体をベッドに縛りつけていた様々な管や器具は、この二、三日の間にすべて取り除かれていた。傷口から血液を排出していたドレーンの管も、脚のむくみ防止のためのエアマッサージャーも、もうとっくに撤去されている。

「あら、ロビーに行くの？　大丈夫？」

母が心配そうに近づいてくる。点滴棒を押しながら歩き始めたのは、二日前のことだ。開頭手術から日も経たないのに普通に歩いて大丈夫なのかと最初は気になったが、「むしろ積極的に歩かないと寝たきりになりますよ」と医師や看護師に笑い飛ばされた。それなのに、母はまだ不安がっているらしい。

「わあ、お姉ちゃん、もう点滴してないんだね」

翼が声を弾ませ、少し痩《や》せてしまった夕夏の腕に触れる。

おととい母と二人で念願のディズニーランドに行ってきたという翼は、すっかり日焼けしていた。どうせ行くなら朝から晩まで遊んでくればいいのに、朝晩一回ずつ病室に顔を出すことにこだわる母のせいで、結局数時間しか滞在できなかったらしい。それでも翼は大満足している様子で、昨日は一日中スプラッシュ・マウンテンやプーさんのハニーハントの話をしていた。

父は、一緒にディズニーランドには行くことができなかった。経営している工務店の仕事に穴を開けることができず、おとといの朝に面会に来てすぐに長野へと帰ったのだ。入院している夕夏の手前、あからさまに羨《うらや》ましそうな様子は見せていなかったが、内心では母と翼についていきたかったに違いない。「いくら夕夏の許可が出たからって、ディズニーランドはさすがになぁ」と父は悔し紛れに何度も繰り返していた。

「柴田《しばた》先生、今朝は何て？」

ロビーに着いてソファに腰を下ろすと、母がそわそわしながら問いかけてきた。母の心配性は、六年経っても一向に治っていない。

柴田というのは、入院以来お世話になり続けている担当医の名前だった。柴田隆久《たかひさ》というフルネームをようやく覚えたのはつい昨日のことだ。真面目そうな三十代後半くらいの医師で、朝夕必ず様子を見に来てくれる。

「昨日抜糸したところを確認して、予後は順調ですね、だって。あと二、三日くらいで退院できそうですよ、って言われた」

「まだ倒れてから一週間しか経ってないのに？　大丈夫なのかしら」

「お医者さんがそう言ってるんだから、心配しなくていいんだよ」

柴田は、夕夏の回復具合を見て安心しているようだった。いくら良性腫瘍《しゅよう》とはいえ、脳の部位によっては手術後に視覚障害や言語障害、片麻痺《まひ》などが起こるケースも多く、油断はできないのだという。その点、夕夏は一見普通に生活できていた。——唯一、直近二年間の記憶が戻らないことを除いては。

人によっては認知症のような症状が出ることもあるというから、それよりはまだましだった。食事をした事実を忘れることもないし、昨夜見たテレビの内容を思い出せなくなることもない。「本当に、あとは記憶さえ戻ってくれれば、なぁ」と柴田は何度も首を傾げていた。

不思議な美青年が現れて、記憶を奪う代わりに脳腫瘍を良性にしてくれたと話したら、この医師はどんな顔をするだろう。

朝夕の診察中、何度もそんなことを考えた。だが、そんな突飛なことを言い出す勇気はなかった。

自分のことを〝悪魔〟と称した美青年が最後に現れた夜から、三日が経過していた。あれ以来、彼の姿は一度も見ていない。

記憶喪失に対する治療法はないんですか、と柴田に尋ねると、彼はひどく困った顔をしていた。それはそうだろう。簡単に記憶が戻る方法があるのなら、命を助けてもらうための交換条件にはなりえない。

「ねえ、夕夏。ちょっと訊《き》いてもいい？」

「何？」

「夕夏が東京に出てきてからどうしてたのか、って話なんだけど」

またか、とうんざりする。六年間の空白をこの入院期間中に埋めようと、母はどうやら必死のようだった。

高校三年生のとき、夕夏は両親に一切相談せずに進路を決めた。工務店の経営状況が思わしくないことには気づいていたため、学費を親に出してもらおうとは考えなかった。奨学金を借りる手続きを勝手に進め、心配する母を振り切って、東京まで一人で入試を受けに行った。その帰りに不動産屋を回り、一人暮らし用の物件も押さえた。保証人の欄には、勝手に父の名前と実家の住所を書いた。

長野を出るとき両親に知らせたのは、昭栄《しょうえい》女子大の経営学部に合格したことと、東京で借りたアパートの住所だけだった。その後、母から定期的に手紙が届いたが、夕夏は二回しか返事を書かなかった。東西《とうざい》銀行に就職が決まったときに一回と、三鷹支店に配属されてアパートを引っ越したときに一回。それだけだ。

「いくつか質問があるんだけど、いいかしら」

「……どうぞ」

「まずはね、成人式の日って、どうしてたの？　うちには帰ってこなかったでしょう」

「家に引きこもってたよ」

「ええっ、東京の式に出たのかと思ってたのに」

「あれは中学時代の友人と行くものでしょ。高校まで長野だと、一緒に行く人もいないし」

「まあ、それはそうね……あとは、学生のとき、普段のお金はどうやってやりくりしていたの」

「パン屋のアルバイトと、引っ越しのアルバイトを掛け持ち」

「引っ越し？　それ、大丈夫だった？　夕夏は昔から身体が弱かったのに」

「基本、男子と組まされるから。私は主に、箱に詰めるほう専門」

「ああ、そう。それなら夕夏にもできるわね」

母がほっとした顔をする。まだ質問のストックは尽きていないようだった。

「それから……銀行に入社するとき、特に面倒はなかった？」

「面倒って？」

「お金を扱う仕事に就くときは、身元保証人が必要でしょう。うちには何の書類も送られてこなかったけど」

「ゼミの先輩にお願いした。世の中には面倒見のいい人がいるんだよ」

「そうだったの。ゼミねえ」

高卒の母は、言葉の意味がよく分かっていないようだった。理系でいうところの研究室のようなものだ、と補足する。

「ゼミっていうのは、何人くらいいるものなの」

「一学年五、六人くらい」

「そこの先輩やお友達とは、卒業してからも仲良くしてる？」

「毎年七月に現役生とOGの交流会があるから、そこで集まったりはするかな」

大学二年生から三年間所属していた経営学部のゼミは、全体的にアットホームな雰囲気だった。人付き合いが得意でない夕夏でも、たまにはゼミの同期と休日に遊びに行ったり、先輩方が企画するバーベキューに参加したりと、それなりに大学生らしい生活を送ることができた。

ただし、卒業してからも交流が続いているかどうかは分からない。

夕夏はもともと、自分から人を誘うのが苦手だ。誘われれば遊びに出ることもあるが、休日はほとんど家で読書や映画鑑賞をして過ごしている。だから、それぞれ就職して新しい人間関係を築いている仲間と、ゼミという枠組みがなくなってからはほとんど連絡を取らなかった。

社会人一年目の段階でその状態だったのだから、卒業から二年半が経過している今、今年のOG交流会に自分が参加したかどうかも怪しい。思い出そうと意識を集中すると、例によって頭痛がしてきた。夕夏は失われた記憶について考えるのをやめ、そっとため息をついた。いつもそうだ。小学校も中学校も高校も、当時の友達とは、卒業するとすぐ疎遠になる。

幸いにも、母は最近の交友関係や銀行の具体的な仕事についての話題をほとんど振ってこなかった。記憶喪失に陥っている娘の心情をさすがに慮《おもんぱか》っているのだろう。不安や心配を解消することを最優先にしてしまう自身の性格が、娘が家を飛び出した原因の一つであることを自覚しているのかもしれない。

――まあ、夕夏にとってはよかったのかもしれないわねえ。星羅と夕夏の二人分だったら、もしかすると今ごろ不自由な思いをさせていたかもしれないし。

いつだったか、高校に着ていくセーターを買ってもらったときに母が何気なくこぼした言葉が、今も胸のどこかにくすぶっている。

「ねえねえお姉ちゃん、ディズニーシーには行ったことある？インディ・ジョーンズとか、センター・オブ・ジ・アースとか、僕、ものすごく気になるんだよねえ」

母と娘の会話が途切れた頃、空気を読んで黙っていたらしい翼が、再び場の主導権を握り始めた。決して親と仲がよかったとは言えない夕夏にとって、この十歳の弟の存在はありがたかった。

「ディズニーシーって、お酒も売ってるんでしょ。だから大人でも楽しめるって、ビッグサンダー・マウンテンに並んでたときに後ろにいた女の人が喋《しゃべ》ってたよ。だからさ、元気になったら僕と一緒にディズニーシーに行こうよ！」

延々と続く翼の話に終止符が打たれたのは、会話をし始めて三十分ほど経った頃だった。

「あ、河野さん？」

ロビーを急ぎ足で通過しようとしたスーツ姿の女性が、中途半端に片手を上げたまま足を止める。

「後藤代理！」

夕夏は驚いてソファから立ち上がった。自分がパジャマ姿で化粧もしていないことに気づき、赤面する。右の側頭部に当てているガーゼも、ニット帽で隠すでもなく、剝《む》き出しのままだ。職場の上司が面会に現れるなど、予想もしていなかった。

「ああ、突然来ちゃってごめんね」

夕夏の狼狽《ろうばい》に気づいたのか、後藤聡子はバツが悪そうに頭を掻《か》いた。

「一応、スマホからメッセージは入れといたんだけどさ。全然既読がつかないから、いっそのこと直接行っちゃえと思って」

「すみません、わざわざ」

　夕夏が何度も頭を下げていると、隣に座っていた翼が「河野さんって言うから、僕のことかと思っちゃった。そういえばお姉ちゃんも河野だもんねえ」と母に向かって笑った。

「あ、お母様ですか」後藤が母に向かって丁寧に頭を下げる。「夕夏さんの上司で、課長代理の後藤といいます」

「あらまあ、お世話になってます」

　母も立ち上がる。翼も真似して席を立ち、「お世話になってます！」とお辞儀をした。

「ええっと、こちらは」

「弟です。……十五個下の」

「河野さん、こんなに小さい弟がいたの？　聞いたことなかったな」

　後藤は目を見張り、翼に向かって「こんにちは」と手を振った。後藤は三十代後半にしてまだ独身だが、意外と子ども好きなようだ。

「夕夏のために、わざわざありがとうございます。私たちは席を外しますので、ごゆっくりどうぞ」

「あ、大丈夫ですよ。長居するつもりはないですし」

「いえいえ、ぜひ夕夏と話してやってください。私たち以外の知り合いの方がみえて、嬉《うれ》しがってると思いますから」

　母は半ば強引に翼の手を引くと、エレベーターホールへと歩いていってしまった。ロビーには、果物の入ったかごを手に下げた後藤と、手で半分顔を隠している夕夏だけが残される。

「これ、ありきたりなお見舞いの品で申し訳ないけど、皆さんで食べてね」

後藤は果物のかごを軽く持ち上げ、いったんソファへと置いた。そのまま、二人並んで腰を下ろす。

「見たところ――元気そうだね」

「おかげさまで、だんだん回復してます」

「勤務中に突然倒れたから、心配したんだよ。びっくりして固まっちゃった私たちの代わりに、お客様が救急車を呼んでくれてね。支店長も飛んできて、真っ青になってたよ。原因は何だったの？」

そう尋ねてから、「あ、病名は無理に言わなくていいからね」と後藤は慌てて付け足した。しかし、夕夏は気にせず答える。

「脳腫瘍《のうしゅよう》です。でも、良性でした。腫瘍ができた場所が悪くて、突然意識を失ってしまったみたいです」

「ああ、脳腫瘍か。大変だったね」

脳腫瘍、脳腫瘍ねえ――と後藤は何度か口の中で繰り返した。

「ってことは、手術をしたの？」

「そうです」

「頭を切って?」

「はい」

「それなのに、もう歩き回って大丈夫なわけ」

 医師や看護師などの病院関係者と違って、一般の人間はやはり同じ反応をする。大丈夫だということを伝えると、後藤は「そういうものなんだねえ」と目を丸くして夕夏の頭部を見つめた。

「そういえば後藤代理、今日、仕事は？」

「実は、急に差し歯が取れてさ。午前半休を取って朝から歯医者に行ってたんだよね。それが意外と待ち時間なしで早く終わったから、こちらに寄ってみようかなと」

「じゃあ、これから出勤なんですね」

「そうそう。本当はね、ババさんやモテギさんも連れてきちんとお見舞いに来ようかなと思ってたの。でも、あのあと病院から連絡もないし、河野さんのスマホに連絡を入れても既読さえつかないし、いったん私一人で安否を確認しに来たほうがいいんじゃないかなって」

――ババさん？　モテギさん？

一瞬、顔の筋肉がこわばる。

「入院はいつまでなの？　もしまだ時間があるなら、明日か明後日《あさって》にでも連れてくるよ。指導員の河野さんには普段から相当お世話になってるんだから、こういうときに恩を返させておかないとね」

——指導員？

「あの」

切り出すのには勇気が要った。数秒間、パジャマのズボンを握りしめたまま俯《うつむ》く。

「ババさんとモテギさんって……どなたですか」

「え？」後藤がきょとんとした顔をする。「誰って……何言ってるの」

「実は、私」

声が震えそうになるのをこらえながら、過去二年間の記憶を失っていることを手短に話した。後藤は目を見開いたまま、黙って夕夏の話を聞いていた。

「そっか、今の河野さんには、一年目の八月までの記憶しかないのか」

後藤はそう呟《つぶや》き、顎《あご》に手を当てる。

「それじゃ、馬場《ばば》美南《みなみ》や持木《もてぎ》絵里花《えりか》のことも知るはずがないね。同じ営業事務係にいる、河野さんの後輩だよ。馬場さんが二年目で、持木さんが今年の新入行員」

後藤はスーツのポケットからメモ帳とボールペンを取り出し、二人の行員の名前を書きながら説明した。自分の後輩だというが、初めて目にする名前としか思えない。

すでに一年目や二年目の後輩がいるという事実を突きつけられ、急に頭が痛くなった。

やはりあれから二年もの時間が経過していて、夕夏はもう社会人三年目なのだ。記憶の中の自分は、上司の後藤聡子や周りの先輩方に仕事を教えてもらう立場だったのに、今では後輩の指導員として勤務をしている。

　そう考えると、急に不安になった。営業事務係にいた三年目の先輩たちは、みんなベテランに見えた。間の記憶がすっかり抜けているのに、自分はあの先輩たちと同じ三年目として職場復帰しなければならないのだろうか。周りは、そんな自分のことをどう思うだろう。

　頭痛がする。

　ひどくなっていく気配がある。

「もしかして、資格試験の記憶も全部ない？」

「あ……はい。生命保険募集人と、損害保険募集人の資格を取ったのは覚えてますけど」

「河野さん、真面目で努力家だからさ、確かこの二年で銀行業務検定も四種類くらい受かってたし、ＦＰ二級も合格してたよ」

「本当ですか？」

　思わず驚きの声を上げる。資格取得を計画的に進めていこうと思ってはいたが、勉強した記憶もないのに合格の事実だけを告げられるのは違和感があった。何より、頑張って頭に詰め込んだのであろう専門知識まですべて失われたという現実に絶望感が募る。

「まあ、合格した事実は変わらないから、別に支障はないんだろうけど……ねえ」

　後藤が困った顔をして、ちらりと夕夏を見やった。それもそうだろう。突然二年分の記憶を失ってしまったと部下から聞かされて、すぐにその状況に適応できるわけがない。

「一年目の八月っていうと、後方事務をひととおりやって、ハイカウンターの業務を始めたばかりの頃だよね」

「そうですね」

「この二年間で、資産運用や相続関係の業務も一通り覚えてもらってたんだけどねぇ。河野さん、うちの係の主力として活躍してたんだよ。いやあ、だいぶショックだな」

後藤が苦い顔をする。それから、我に返ったように顔を上げ、申し訳なさそうに唇を結んだ。

「一番つらい思いしてるのは河野さんなのに、私ったら何言ってんだろうね」

パチンと頬を両手で叩《たた》き、照れたように笑う。その後藤の表情は、夕夏に安心感を与えた。

「とりあえず、河野さんが復帰するまでに、迎え入れられる準備は整えておくから。まずはゆっくり身体を治すんだよ」

「ありがとうございます」

「記憶を失くしたという病状については、あらかじめ課や係のメンバーに共有しておいてもいい？」

「……はい」

拒む理由はなかった。きっと、あの不思議な美青年の態度からしても、記憶が戻ってくることはないだろう。

一度にいろんなことを思い出そうとしたせいで、身体が追いつかなくなっていた。頭痛と吐き気をこらえながら、夕夏は後藤に向かって愛想笑いを浮かべる。

じゃあまた来るね、と爽《さわ》やかに片手を上げて、後藤聡子はロビーを去っていった。


母と翼は、夕方になって再び病室に現れた。「今日はどこへ行ったの」と翼に尋ねると、「スカイツリーだよ!」という興奮気味の答えが返ってきた。そしてすぐさま、ベッド脇の丸椅子に座って日記帳を広げ始める。夏休みの宿題で、一週間に最低二日は日記を書かないといけないらしい。「書きたいことが多すぎてまとまらない」と翼は口を尖《とが》らせていた。

「雨、降ってたんじゃないの」

「午後からは止んだのよ」

「じゃあ、よかったね」

「でも、遠くは霞《かす》んじゃってて、あまり見えなかったわね。晴れてれば富士山《ふじさん》も見えるっていうから期待したのに」

母は、翼との東京観光の話題もそこそこに、「上司の方、何て?」と尋ねてきた。母はいつも、こうやって娘のことを根掘り葉掘り聞きたがる。

「記憶がなくなったって話したらびっくりしてた。復帰するまでに、部署の人たちに話しておいてくれるって」

「あらそう。でも、皆様にお伝えするタイミングは、あまり早くないほうがいいわね。もしかしたら、急に記憶が戻るかもしれないし」

「まあ、そうだね」

面倒臭くなって、曖昧《あいまい》に言葉を濁す。夕夏は目を逸《そ》らして、ベッドから手を伸ばしてカーテンを開いた。もう午後五時を回っているが、窓の外の薄暗さは朝とあまり変わらない。

「河野夕夏さーん、ちょっと失礼しますね」

男性の声がして、窓の手前に人影が現れた。担当医の柴田隆久が、夕夏の開けたカーテンの隙間から真面目そうな顔をひょいと覗《のぞ》かせる。夕方の回診の時間だ。

「ここ、開けちゃってもいいですか。今日、ちょっと大勢で来てるんです」

柴田の問いに「どうぞ」と答えると、薄ピンク色のカーテンが横に開かれた。「ご気分いかがですか」と、柴田の後ろに控えていた看護師の岡桜子が微笑む。そのまた後ろに、明るいライム色の医療ユニフォームに身を包んだ若い女性が立っていた。

「研修医の山本《やまもと》です。今日は勉強のために一緒に回ってます」

柴田に紹介され、明るいライム色の服を着た女性がペコリと頭を下げる。よく見ると、左胸の名札には『研修医　山本綾乃《あやの》』という文字があった。

「珍しい色の白衣ですねえ」

母が研修医の山本綾乃に近づき、半袖《はんそで》のユニフォームの肩のあたりをつまみ上げる。

こういう田舎特有の距離の近さを、初めて会った人間に対して発揮するのはやめてほしい。見ていて少し恥ずかしくなる。

「スクラブの色って、看護師さんは白やピンクって決まってることが多いですけど、僕ら医師は自由なんですよ。でも、この色はなかなか派手ですよね」

柴田が笑いながら説明した。スクラブというのは、半袖の医療用ユニフォームのことを指すらしい。それを見て、山本綾乃が頬を膨らませる。

「今年の新人三人で揃えたんですよ。この色、可愛くないですか？」

「まあまあ、誰が新人かってことが分かりやすいし、僕はいいと思うよ。ちょっと眩《まぶ》しいけどね」

「あ、分かった！　黄緑だから、初心者マークってことだね」

指導医と研修医の会話に、唐突に翼が割って入る。夕夏は慌てて「失礼でしょう」と翼の袖を引いたが、当の山本は「その発想はなかったなぁ」と素直に翼を褒めた。

「今年の新人は三人いるんですけど、珍しく女性が二人なんです。だから、女性の意見が勝って、こういう可愛い色になっちゃったみたいですね」

まだライム色のスクラブが気になっている様子の母に向かって、柴田が解説を続けた。それに対して、また山本が反論する。

「『なっちゃった』って、ひどい言い方しないでくださいよ」

「いやあ、僕だったら似合わないだろうと思って」

「大丈夫ですよ。柴田先生、爽やかですもん」

「お二人とも、河野さんが板挟みになって困ってますよ」

　看護師の岡桜子が笑いながら二人を止め、ようやく柴田による診察が始まった。調子はどうですか、お食事は食べられましたか、熱はどれくらいですか、点滴をやめてご気分は変わりありませんか。朝夕繰り返される質問に、機械的に回答していく。記憶がなくなっていること以外、特に気分が悪いと感じることはなかった。

　それよりも、後ろで待機している岡桜子に母が話しかけ始めたほうが気になった。

「岡さんって、毎日すごく綺麗《きれい》にされていらっしゃいますねえ」

「いえいえ、そんなことないですよ」

「お化粧、どこかで習われたんですか？　もちろん元の素材が素晴らしいからこそですけど、睫毛《まつげ》の上がり方とか、まるでプロみたい」

「全然、独学です。自己流ですよ」

　岡はにこやかに答えている。確かに、彼女はいつも都会的な雰囲気を醸し出していた。しかし、だからといって、母の質問は不躾《ぶしつけ》だ。いろいろと物珍しいのは分かるが、もう少し好奇心を抑えてほしかった。

「岡はねえ、大変なんですよ」

　夕夏と同じく二人の会話が気になっていたのか、夕夏と向き合っていた柴田が手を止めて後ろを振り返った。

「ここの院長の娘なんです。で、お祖父《じい》さんが理事長。だから、勤務中も常に完璧《かんぺき》でいなきゃいけないんですよ。いろんな人に見られてますからね」

「院長の娘さんってことは、お嬢様だね！」

翼が声を弾ませ、岡を見上げる。岡は恥ずかしそうに手を左右に振り、「それとこれとは関係ないです」と頰を赤らめた。

病状が安定していることもあり、柴田による診察はすぐに終わった。「このまま回復していけば、三日後には退院です」と告げられる。「職場にはいつから復帰できますか」と問うと、「退院から二週間くらいは家で安静に過ごしていただきたいですね」という回答があった。まだ時間に余裕があると分かり、内心ほっとする。

柴田、岡、山本の三人は、ぞろぞろと夕夏のベッド脇から退散していった。そのまま隣のベッドへと移動したらしく、次の患者に話しかけている声が聞こえる。

「お母さんも翼も、ほどほどにしてよね」

小さな声で呟《つぶや》くと、二人に「何？」と訊《き》き返された。繰り返すことはせず、夕夏はずれていた布団を自分の身体にかけ直した。

医師ら三人が去ってしばらくの間、翼が日記帳に文章を綴《つづ》るのを見守った。『今日はお母さんとスカイツリーに行きました。ソラマチでキーホルダーを買ってもらいました。お姉ちゃんはのうしゅようの手じゅつをして入院中なので行けませんでした』という鉛筆で書かれた文字が見える。

「あ、そういえば！」

日記を書き終わった翼が、勢いよく丸椅子から立ち上がった。

「お母さん、あの本どこ？」

「バッグの中に入ってるわよ」

「出して出して！」

はいはい、と母が自分のハンドバッグを漁《あさ》り、薄い文庫本を取り出す。一見してずいぶんと古びた本だった。ページは日焼けしていて、カバーの端もところどころ折れている。

翼が嬉《うれ》しそうに本を受け取り、「はい」とこちらに向かって差し出してきた。タイトルは『悪魔の計らい』とあり、聞いたことのない作家の名前がその下に印刷されている。表紙には、悪魔とヴァイオリンの写実的なイラストが描かれていた。

「これ、面白い短編集だね。大人向けの本みたいだけど、簡単だからすぐに読めちゃった。僕、最初の話が好きだな」

「え？　何、この本」

「お姉ちゃんの家の本棚から持ってきたんだよ」

「私の家？」

驚いて文庫本の表紙を見つめる。母と翼には、夕夏の住むアパートに何度か着替えや生活用品を取りに行ってもらっていた。

ただ、こんな本は見たことがない。

記憶にないということは、この二年の間に手に入れた本なのだろう。だが、明らかに新刊ではない。本をひっくり返して裏表紙を見てみたが、古本屋の値札はついていなかった。シールを剝《は》がした跡もない。

本の後ろを開き、奥付を確認する。『初版発行：一九九三年十二月十八日』という文字があった。夕夏が生まれた年に出版された本のようだ。

妙なのは、この本が自分の趣味から外れているということだった。読書は好きだが、こういうSF風の作品は好みではない。

「ええっ、もしかして、忘れちゃったの？　面白かったのに」

翼が責めるような目でこちらを見る。

「じゃあ、あとで読んでおいてね。絶対だよ」

「……うん」

得体の知れない本が自分の本棚にあったというのは、なんだか不気味だった。

夕食の時間になる前に、母と翼は泊まっているホテルへと帰っていった。味気のない魚と野菜を食べ、処方されている錠剤をいくつか飲み、シャワー室で身体のべたつきを洗い流す。そうして就寝前の準備がすべて整ってから、夕夏はベッドへと戻って文庫本を開いた。

翼が気に入ったと言っていた最初の短編は、『悪魔の計らい』と題された表題作だった。お城の姫に思いを寄せる瀕死《ひんし》のヴァイオリニストの元に悪魔がやってくる、という話だ。

　――お前の大事なものと引き換えに、願いを一つ叶《かな》えよう。

　悪魔が発した台詞《せりふ》のところまで来て、夕夏は思わず息を止めた。短編の中で描かれる悪魔が、あの美青年の存在と妙に重なる。

　結局、話の主人公であるヴァイオリニストは、『病気を完治させてやる』という悪魔の提案を受け入れなかった。姫の心を揺さぶる究極の音楽を手に入れる道を選び、演奏を終えた直後に寿命が尽きて死んだ。

　短い話だったから、すぐに読み終わった。

　いったん本を閉じ、もう一度表紙を眺める。天井の白い光が、表紙の悪魔の絵をぬらりと照らした。

　いつ、この本を手に入れたのだろう。

　自分で買ったのだろうか。それとも、人からもらったのだろうか。

　失われた記憶を探ろうとしたせいで、また例の頭痛がやってくる気配がした。慌ててテレビが置いてある棚の中へと本を押しやり、視界から遠ざける。

　少し、動揺していた。ヴァイオリニストが、病気を治してもらうことを拒否したからだ。話の中に出てきた彼は、生への執着を一つも見せなかった。

　――私は、よかったのかな。命を助けてもらって。

他の選択肢もあったのかもしれない、と考える。ただ、すぐには浮かばなかった。夕夏には、このヴァイオリニストのようにすべてを捧《ささ》げたいと思える相手もいないし、何かを犠牲にしてまで欲しいものもない。

自分の一番の願いは、果たして「生きたい」だったかどうか。

二年間の記憶を犠牲にして、生きることを選択してよかったのかどうか。

たぶん——それでよかったのだろう。

この短編の中で悪魔が言っているように、今後一切病気にかかりたくないとか、百年以上生きたいとか、そういう強い欲求はない。だが、生きなければならないのだとは思う。

もうこの世にいない、星羅のためにも。

＊

退院することになったのは、手術後十日目だった。八月二十七日、月曜日。今が二〇一六年ではなく二〇一八年であるということには、未《いま》だに慣れない。

「河野さん、退院おめでとう。お大事にしてくださいね」

病院の正面玄関前で、薄ピンク色のスクラブ姿の岡桜子が微笑んだ。わざわざ見送りに来なくても大丈夫だと何度も伝えたのだが、「ちょうどお昼休みに入るところですから」とやんわり押し切られてしまったのだ。

後ろで一つに結んだ岡の茶色い髪は、今日も丁寧に縦巻きにセットされていた。こういう華やかな女性に優しくしてもらうのは、悪い気分ではない。

「岡さんって、大変じゃないですか」

「え、何が？」

夕夏が不意に問いかけると、岡はくっきりとアイメイクを施した目をやや見開いた。

「患者一人一人にこれくらい気を配っていたら、疲れませんか。私だったら、笑顔が枯渇します」

「そんなこと言って、河野さんだって接客のお仕事をされてるんでしょう」

「接客といっても、銀行ですから。笑顔が絶対に必要な仕事というわけではありません」

「それなら看護師も一緒です」

ふふ、と岡が可笑《おか》しそうに頬を緩める。確かにそうだ。ホテルや企業の受付嬢とは違う。岡桜子は、あの激務の中で、決して義務づけられているわけではない柔和な笑顔を浮かべ続けているのだ。見習おうと思ってもすぐに真似できるものではない。

夕夏は、笑うことが苦手だった。少しくらいならいいが、ずっと笑い続けるのは疲れてしまう。今だって、せっかく見送りに来てくれた看護師相手に、曖昧《あいまい》な薄笑いしか浮かべられていない。

「これからも、外来で何度かここに来る機会があるでしょう。もし見かけたら、声をかけてくださいね」

「お忙しいのに、申し訳ないですよ」

「河野さんの元気な顔を見られたら、私も嬉しいですから」

岡は力強く断言し、両手で控えめにガッツポーズを作ってみせた。

「お母様と翼くん、最後までいられなくて残念でしたね」

弟の名前まで覚えているのか、と岡の記憶力に内心驚きながら、「まあ、地元の小学校は今日から新学期みたいですしね」と夕夏は淡々と答えた。

退院の日まで東京にとどまろうとする母を無理やり長野に送り返したのは、夕夏だった。病院からアパートまでは、タクシーを使えば問題なく帰れる。回復途上にある娘よりも、ろくに家事もできないのに長期間一人で実家に放置されている父のほうを心配してほしい。そう伝えて、渋る母に帰りの新幹線を手配させたのだった。

職場復帰までは、あと二週間の猶予が残されていた。「その間、うちに帰ってきたらどう？」と母が恐る恐る提案してきたが、丁重に断った。逆に心が休まりそうにないし、長距離移動をするのもためらわれる。

「くれぐれも無理はしないようにね。今度、九月に連休があるでしょう。そのときにでも帰っていらっしゃいな」

「お姉ちゃんのアパートよりも家が広いし、空気も綺麗《きれい》だよ。きっとゆっくりできるよ！」

母と翼は、口々に帰省を勧めてきた。しばらく迷った末、「考えとく」とだけ返事をしておいた。母は少々落胆しているようだったが、気がつかないふりをした。

病院の前に停車していたタクシーに一人で乗り込むとき、岡は荷物を載せるのを手伝ってくれた。そして、夕夏の乗ったタクシーがロータリーを抜けて角を曲がるまで、ずっと玄関前で手を振っていた。

夕夏のアパートは、三鷹駅から徒歩十五分の場所にある。郊外にある三鷹水陵会病院からは、タクシーで十五分ほどだった。

住宅街の間を通る狭い道路から、さらに細い砂利道を入った先に立つ、築二十五年の二階建てアパート。一階と二階に二戸ずつという小ぢんまりとした建物の裏には大きな桜の木があり、春にはあたり一面花びらが舞う。八月下旬の今は、青々とした葉が枝を覆い、汗ばむ夕夏のことを見下ろしていた。

薄汚れた白い手すりのついたコンクリート階段を上り、左側のドアの前に立つ。鍵《かぎ》を差し込み、中に入ると、夏の日差しに熱された空気がむわっと押し寄せた。

キッチンを通り抜け、蒸し暑さに耐えながら奥の寝室へと向かった。家賃が安いのを第一条件に選んだ1Kの狭い部屋は、幾度かここを訪れていた母と翼のおかげで隅々まで掃除が行き届いていた。

エアコンをつけ、ベッドにごろりと寝転がる。入院中に体力が落ちたのか、ちょっと傾斜が急な階段を上っただけで息が上がっていた。

まだ二十三歳なのに、情けない――と考えてすぐ、自分がすでに二十五歳になっているという現実に思い当たる。

久しぶりに家に帰ってきたとはいえ、何もする気が起きなかった。とりあえずテレビの電源をつけ、ぼんやりと眺める。平日の昼間とあって、どのチャンネルもワイドショーをやっていた。しばらくするとそれもつまらなくなって、病院から持ち帰ってきたトートバッグから例の文庫本を取り出した。

ページを開き、もうすっかり覚えてしまった文章を目で追う。入院中に幾度となく読み返した本だったが、やはり内容が気になっていた。

――お前の大事なものと引き換えに、願いを一つ叶えよう。

――君の命を助ける。その代わりに、君の最も大切なものを一つ奪う。

この短編に出てくる悪魔と、病室に現れた〝悪魔〟と名乗る美青年は、何か関係があるのだろうか。

意識を取り戻した日に集中治療室で一回、記憶を失った後に一般病室で一回。あの後、美青年は一度も姿を現していない。

今後、彼に再び会う機会は訪れるのだろうか。

横向きに寝転がったまままそんなことを考えているうちに、いつの間にか眠っていたようだった。

気がつくと、ベッドの上に赤い西日が射しこんでいた。エアコンが効いているのに布団もかけずに寝ていたから、身体の表面が冷えている。

ひんやりとする二の腕をさすりながら、夕夏は掃き出し窓へと近づいた。レースのカーテンを開き、ガラス越しに外を覗《のぞ》く。

窓のすぐ外には、フェンスで囲われた狭いベランダがあった。その向こうに、夕焼け空が広がっている。茜色《あかねいろ》に染まった夏の空と、遠くにたなびく細長い雲に、夕夏はしばらくのあいだ心を奪われた。

夏真っ盛りの七月三十一日。

それが、夕夏と星羅の誕生日だった。

母が産気づいたという報を受けて病院に駆けつけたとき、父は燃えるような夕焼け空を見たのだという。そして出産を終えた母は、夜中にふと目覚めたとき、病室の窓から美しい満天の星を見た。それで両親は、生まれた双子の女児をそれぞれ「夕夏」「星羅」と名づけた。

三分差で、夕夏が姉、星羅が妹。

先ほど眠りにつく前に、ヴァイオリニストの短編を読み返したからだろうか。夕陽を眺めていると、星羅が弾いていたピアノの音や、よく聴いていたクラシック音楽の旋律が耳に蘇《よみがえ》った。

星羅は、夕夏と違って、才能のある子どもだった。もし生きていたら、どんな大人になっていただろう――と、たまに考える。

考えても、仕方がないのに。

明るかった空に、だんだんと夜の紫色が混じっていった。夕と夜の境目を眺めていると、ふと、下から視線を感じた。

アパートの前に、誰かが佇《たたず》んでいる。

ベランダのフェンスの隙間から、すらりとした男性の姿が見えた。夕闇の中に立っている人影は、黒い服に身を包み、白い手袋をつけていた。

はっと息を呑《の》んで、勢いよく窓を開ける。裸足《はだし》のままベランダに飛び出し、フェンスに手をかけて砂利道を見下ろした。

「あのっ」

思わず声が上ずる。まさか、こんなところに現れるとは思っていなかった。

美青年は夕夏のことをまっすぐに見つめ、にこりと微笑んだ。吸い込まれるような茶色い瞳《ひとみ》が夕夏を捉《とら》える。

「気づいてくれてありがとう」

そうして、彼は英国の紳士さながら、恭しく頭を下げる。

「ここに何をしに来たの。どうして家が分かったの。あなたは誰？」

夕夏が立て続けに尋ねると、背の高い青年は自分の足元を指差した。

「降りておいでよ」

「えっ」

「この距離じゃ、ちょっと話しにくいから」

青年の言うことはもっともだった。しばしためらった後、夕夏は再び部屋の中へと引っ込み、玄関へと向かった。

ドアを開け、アパートの階段を降りる。薄暗がりの中、青年が静かな足音とともにこちらへと近づいてきた。その背後で、電信柱の街灯が光をともす。

「今日はアフターフォローに来たんだ」

青年が、形の整った赤い唇を動かした。

「アフターフォロー？」

「記憶を失った後、生活に支障は出ていないか。それから、病気の再発はないか。『取引』をせっかく実行したのに、その効果がきちんと現れていなかったら僕の責任になるからね」

できる営業マンのような発言をするんだな、と思う。自称〝悪魔〟がアフターフォローだなんて、いったい何を考えているのだろう。

「記憶を失ってみて、どう？」

新しい化粧水を使ってみて肌の調子がどう変わったか、くらいの軽さで尋ねないでほしい。少しむっとしながら、夕夏はそっけなく答えた。

「ずっと病院にいたから、まだ何も分からないよ」

「まあ、それもそうか。日常生活に戻る前だから、まだ実感できることは少ないよね」

「その日常生活がどういうものだったのかも、今では何も覚えていないけど」

「申し訳ないね。でも、取引は取引だから」

青年はさらりと夕夏の訴えを退けた。

「どうして私の『最も大切なもの』が過去二年分の記憶なのかは、やっぱり教えてもらえないの」

「それは難しいな。どうしても気になるなら、自分自身で探し当ててもらわないと」

「思い出そうとするとひどい頭痛がして」

「困ったね。真実に辿《たど》りつくには、遠回りをしろということかもしれない。それとも、単なる病気の後遺症なのか」

「そういう部類の痛みではないと思うけど」

十日以上にも及ぶ入院の間に、開頭手術の傷口はほとんど治癒していた。髪を剃《そ》られたのは側頭部だけだから、上から髪を下ろしてしまえば一見して傷跡は分からない。

しかし、過去二年間の出来事を思い出そうとすると頭痛と吐き気がする現象は、いつまで経っても治らなかった。担当医の柴田からは、「思い出せないことがストレスになって、パニック状態になっているのかもしれない」と言われていた。無理に記憶を掘り起こそうとするのはやめるように、というのが柴田のアドバイスだった。

「まあ、とにかくよかった。身体は順調に回復してるんだね」

青年は優しい声で囁《ささや》いた。その口調があまりに柔らかく、そよ風に包まれたような錯

子はなかった。

覚がする。そういえば、夕暮れとはいえまだまだ外は暑いのに、彼が汗をかいている様

「あの――」

目の前にいるこの不思議な美青年は、いったい何者なのか。なぜ夕夏のことを知って

いて、あの日突然深夜の病室に現れて、夕夏に『取引』を持ちかけたのか。

「ああ、ごめんごめん、質問に答えてなかったね。水上俊介《みずかみしゅんすけ》っていいます」

彼は何でもないように名乗った。突然フルネームを告げられ、夕夏は反応に困って目

を瞬く。

「案外、普通の名前」

「見た目は日本人のつもりなんだけどな」

「でも、この間は〝悪魔〟って」

「やってることは同じだよ。魂を売り渡した人間の願いを叶《かな》えてあげる悪魔のように、

僕は君の大事な想い出を奪ったわけだ」

暖かい風が吹き、水上俊介の前髪がふわりと揺れた。その毛先が目にかかり、彼の長

い指がさりげなく髪を払いのける。

この人の容貌《ようぼう》は、悪魔というよりは、天使ではないか。

水上を見つめながら、ふとそんな想像をする。目の前の水上は、透き通るような爽《さわ》や

かさを醸し出していた。金色の輪を頭の上に浮かべて、白い翼をつけたとしても、何の

違和感もなさそうだ。

——私の想い出を、ぱくりと食べてしまった、天使。

ふと、弟から渡されたあの古典的なSF小説のことを思い出した。

「あの小説も——水上さん、が置いていったの？」

「小説？」

「『悪魔の計らい』っていうタイトルの短編集。病人のヴァイオリニストに悪魔が取引を持ちかける話が収録されてる。部屋の本棚に置いてあったらしいんだけど、私が買ったものではなさそうだと思って」

うーん、と水上は腕組みをした。肯定も否定もせず、ひとこと呟《つぶや》く。

「たぶん、パガニーニをモデルとした短編だね」

「パガニーニ？」

「十八世紀の終わりから十九世紀の初めにかけて活躍したヴァイオリニストだよ。他の誰も真似できないような超絶技巧と、あまりの病気の多さに、悪魔と契約をしたのではないかと噂されていたらしい」

クラシック音楽にはさほど詳しくない。水上の解説を聞き、夕夏は静かに首を傾げた。

「死に際に、脚を一本失ったりもしたの？」

「その展開はフィクションだろうけど」

水上はふふと笑い声をこぼした。ただ、あの文庫本を部屋に置いていったのかという夕夏の質問には答えるつもりがないようだった。

「あの短編に出てくる悪魔は……水上さんみたいだった」

「そうか」

不意に、水上の表情に憂いの色が混じった。

自分で〝悪魔〟だと言い出したくせに、どうして夕夏が指摘すると顔を翳《かげ》らせるのだろう。

「病み上がりなのに、長々と外で立ち話をさせてごめんよ」

しばらくの沈黙の後、水上が背筋を伸ばし、道路の方向にちらりと目をやった。

「また様子を見に来るよ。どうか気味悪がらないでほしい」

「そんなこと言われても」

「あくまで、アフターフォローだから」

戸惑う夕夏を置いて、水上は身を翻した。彼の黒い服が、夕闇の中に消えていく。白い手袋だけが、彼が角を曲がって視界の外に消えるまでの間、はっきりと夕夏の目に映っていた。

——どうしても気になるなら、自分自身で探し当ててもらわないと。

友達もいない。家族とも距離を置いている。恋人もいない。職場の人たちと特別仲が良いわけでもない。大した趣味も特技もない。そんな自分にとって、「最も大切な」想い出が、この二年の間に存在したのかどうか。

いくら考えても、答えは浮かばなかった。次第に頭が痛くなってくる。焦燥感が夕夏を襲い、脳の血管が焼けるようにひりつく。

どうやって突き止めればいいのだろう、と考える。

まずは、日常生活を取り戻すしかない。そうすればきっと、何かが見えてくる。

今はそう信じるしかなかった。

*

「そっか。まだ記憶が戻る様子はない、かぁ」

人がまばらな朝のカフェで、夕夏は後藤聡子と向き合って座っていた。後藤は眉間《みけん》にしわを寄せ、目をつむってブレンドコーヒーを啜《すす》る。「すみません」と夕夏が肩を落とすと、「謝ってもらうためにこんな朝早くから呼び出したわけじゃないからね」と後藤はテーブルに頰杖《ほおづえ》をついた。

「事前に作戦会議をしようと思ってさ。記憶が少しでも戻ってるならローカウンター、まったく思い出せなくて不安なら後方事務かハイカウンター。出勤していきなりどっちか選べって言われても、困るでしょ」

新しくしたスマートフォンに後藤からメッセージが届いたのは、昨日の夕方のことだった。『調子はどう？　もし不安だったら、明日はどこかで待ち合わせて一緒に行こうか』という短い文面を見て、夕夏は安堵《あんど》のため息をついた。

退院から二週間が経ち、夕夏はいよいよ職場復帰の日を迎えていた。支店の場所や所属する部署は変わっていないとはいえ、二年間の記憶が抜けている状態で突然出勤することには恐怖感が伴った。

知っているはずの人を初対面だと思い込んだり、席の配置が分からず周りに迷惑をかけたりするかもしれない。そう考えただけで、数日前から胃がキリキリと痛んでいた。

だから、後藤がこうやって朝早くから時間を割いてくれたことだけでもありがたい。

それなのに、ついついコーヒーまでご馳走《ちそう》になってしまっている。「上司はよかれと思って勤務時間外に呼び出したけど、部下から見たらただのサービス残業、って場合もあるからね。そのための補償」などと後藤は笑って話していたが、その懐の深さに夕夏は朝から恐縮しっぱなしだった。

「でも、私の希望で決めちゃって大丈夫なんですか。ハイもローも、配置はだいたい決まってますよね」

「それはなんとかなるんだ。実は河野さんが倒れてから、予定を前倒しして馬場さんをローテラーとしてトレーニング中でさ。だから現状、ハイテラーは馬場さんが抜けたせいで人数が足りてないし、ローテラーはエースの河野さんがいなくなってからずっと戦力不足。正直、どちらも猫の手も借りたい状態なんだよね」

「だったら……ハイテラー、ですかね」

主として入出金や税金、公共料金などを取り扱うハイカウンターの業務であれば、一年目の七月から二か月弱ほど携わっていた記憶が残っている。客もテラーも立ったまま会話をする、一人あたりの受付時間が短い窓口だ。投資信託や外貨、保険などの運用商品をじっくり案内するローカウンターよりも必要とされるスキルは少なく、パートや入社二年目くらいまでの若手社員が多く働いている。

「了解。じゃ、ローの業務は追々ね。でも、復帰初日からいきなりお客様対応で大丈夫？　体調が優れないようだったら、大事をとって後方事務からスタートでもいいんだよ」

「いえ、体調は回復しているので。窓口に入らせてください」

後藤の言うとおり、客の前に出ずにカウンターの後ろで資金の注文や入出金の機械操作を行う後方事務のほうが幾分気楽ではある。だが、後方事務は基本的にパートや入社したばかりの新人が行う仕事だ。記憶が抜けているとはいえ、自分はもう三年目の社員なのだから、後藤の申し出に甘えすぎるわけにはいかない。

「よし、じゃあそういうことで。作戦会議は終了、っと」

後藤は晴れやかな表情で、残りのコーヒーを勢いよく飲み干した。三鷹支店屈指の酒豪である後藤の手にかかると、始業前のブレンドコーヒーが終業後の生ビールのように見えてくるから不思議だ。

「あの……皆さんもう、今の私の状態のことはご存じなんですよね」

「うん、伝えておいたよ。この二年間で入社した人や他の支店から異動してきた人もけっこういるから、そのあたりが特にショックを受けてたかな。河野さんに忘れられちゃったのか、って」

その言葉を聞いて、額に冷や汗が浮かぶ。思えば、お世話になっていた二年目や三年目の先輩方は、すでに四年目や五年目になっていて、他の支店へと異動しているはずだ。大勢の同僚の顔と名前を覚え直さなくてはならないと思うと、気が重くなった。

「ああ、でも心配しないで。役席の顔ぶれはほとんど変わってないから。支店長は上永《かみなが》さんだし、副支店長や課長もそのまま。あ、融資係の課長だけ交代したかな」

後藤は天井を仰ぎながら次々と指を折っていった。

「あと、うちの係の課長代理は私含め三人に増えたよ。私と一緒にローカウンターを見てる浜口《はまぐち》さんっていう男性は、二十九歳で課長代理になったばかりのエリート。もしうちの銀行に課長代理より下の役職があったとしたら、主任ポジションだね。それから、今日河野さんが入るハイカウンターの業務は、小寺《こてら》さんっていう今年の四月に異動してきたおじさんが統括してる。こっちは、かれこれ十五年くらい課長代理のポジションにいる大ベテラン――」

夕夏は慌てて鞄《かばん》からメモ帳を取り出して、浜口、小寺、という耳慣れない名前を書き留めた。後藤は半分愚痴っぽく話を続ける。

「うちの掛川《かけがわ》課長は相変わらず投信や保険のノルマの達成率にしか興味がないから、私は主にそのお相手をしてるよ。会議のたびに、資料を何度も修正させられたり、どうして達成できなかったか延々と詰められたりね。まったく、何が楽しくて仕事をしてるんだか。私はお客さんともっと喋《しゃべ》りたいのに」

本人は不満げだが、話の内容を聞く限り、後藤は順調に出世への道を歩んでいるようだった。大事な数字の報告や取りまとめを任されているということは、三人の課長代理の中ではもっとも課長に近いポジションにいるのだろう。

夕夏が一年目のときは、後藤は管理職というよりもプレイヤーに近い立場で仕事をしていたような気がする。新人の夕夏に接客のノウハウを一から教えてくれたのも、この後藤聡子だった。

「それにしても大変だな。……脳腫瘍《のうしゆよう》か」

ひとしきり愚痴を吐き出し終えた後藤が、夕夏のメモ帳を見下ろしてふとため息をついた。

「河野さんが倒れる数か月前から、なんとなく体調が悪そうだなとは思ってたんだよね。頭痛薬を頻繁に飲んでたり、椅子から立ち上がるときに目眩《めまい》をこらえるように目をつむってたり。思えばあれが前兆だったんだろうな。もっと早く気づいてあげられればよかった」

「そうだったんですか」

自分のことのはずなのに、その記憶は一切なかった。水上俊介と名乗った、あの天使のような美青年に持っていかれてしまったからだ。

「あ、もう八時前か。そろそろ行こう」

後藤が腕時計を見て、席から立ち上がった。二人分のコーヒーカップを片付けようと手を伸ばしたが、一瞬の差で後藤にさらわれてしまう。得意先の個人宅を訪問する外回り営業も経験している後藤は、いつもこうした気遣いがさりげない。

カフェから支店までは歩いてすぐだった。後藤が預かってくれていたという社員証を従業員用出入口にかざし、セキュリティロックを解除して中へと入る。更衣室のある三階へと階段を上がっていくと、その途中で制服姿の若い女性とすれ違った。

「おはようございます――あ、河野さん！」

彼女の大きな目が見開かれ、肩ほどの長さの黒髪がふわりと揺れる。彼女の表情は少しおどおどしていた。後輩だろうか、と考えた直後、後藤聡子が彼女を指し示し、こちらを振り返る。

「さっき話した馬場さんだよ。二年目の」

見ると、制服の胸元にある銀色のネームプレートに、『馬場美南』という文字があった。「よろしくお願いします」と慌てて挨拶《あいさつ》をすると、馬場は不思議そうな顔で「こちらこそ」と頭を下げた。さも初対面かのような態度を取ってしまったのが不自然に映ったのかもしれない。

「馬場さん、今日から河野さんのこと、よろしくね。今までいろいろ教えてもらった分、きちんと恩を返すんだよ」

後藤がひらひらと片手を振ると、馬場は「はい、頑張ります」と頷《うなず》いた。その脇をすり抜けて階段を上っていく後藤を、夕夏は急いで追いかけた。

更衣室で、同じ営業事務係のパートや他の係の社員を紹介された。よく知っている顔を見つけると安心したが、記憶にない顔も多かった。初めて会ったつもりで話している相手に「大変だったねえ」「分からないことがあったら訊《き》いてね」などと声をかけられるたび、頭の中心にピリリと痛みが走った。

もう一人の後輩だという持木絵里花は、ふくよかな体型をした大らかそうな女子だった。今年の四月に入行したばかりの新卒だというが、さっき階段ですれ違った馬場美南よりも年上に見える。どこか風格があるのは、のんびりとした口調のせいかもしれない。

「河野さんが私たちのこと忘れちゃったなんて、びっくりしましたよぉ。私、まだ窓口対応が苦手なので、いろいろ教えてください」

その馴《な》れ馴れしい口調に少々驚きながら、夕夏は「ええ」と曖昧《あいまい》な返事をした。礼儀正しい馬場美南と、どこか抜けている様子の持木絵里花。ずいぶんと対照的な二人が後輩として入ってきたものだ。

ロッカーの中にかかったままになっていた制服に袖《そで》を通し、後藤の後について一階へと下りた。八時半にタイムカードを押し、営業事務係と融資係の全員で開店準備を始める。その手順は案外変わっておらず、夕夏はほっと一安心しながら作業に加わった。

金庫室の鍵《かぎ》を開けてバインダーを取り出し、入出金の機械やパソコンの電源を入れ、窓口周りを整え、シャッターを開ける。更衣室で会っていない融資係の男性行員から視線を感じたが、顔を覚えている人には「ご迷惑をおかけしました」、覚えていない人には「おはようございます」と挨拶して誤魔化した。

途中で支店長の上永正義《まさよし》が現れたのに気づき、夕夏は部屋の一番奥にある机に駆け寄った。支店長——と声をかけると、上永は机の上の書類から顔を上げた。

「ああ、河野さん。体調は大丈夫？　今日から復帰だったね」

上永は夕夏と目を合わせ、気まずそうに微笑んだ。部下から慕われている、求心力のある支店長ではあるが、さすがに二年分の記憶を失くして戻ってきた三年目社員の扱いには困っているようだった。

「皆様にご迷惑おかけしてしまったみたいで、本当にすみませんでした」

「いや、気にしないでいいよ。病気だったんだから仕方ない。むしろ今日からの業務のほうが大変かもしれないけど、頑張ってくれよ」

忙しそうな支店長を邪魔するのは気が引けて、夕夏は早々に後藤のもとへと引き上げた。倒れた日からおよそ一か月。それほど長い時間は経っていないはずなのに、数年ぶりにここを訪れたような心地がする。

同僚の顔も名前もろくに把握できないまま、朝礼が始まった。日直の中年女性から「今日から河野さんが復帰されます」と全体にアナウンスがあり、夕夏はペコペコと各方面に頭を下げた。朝礼の司会をしている女性がどこの係の誰なのかも、夕夏はまったく覚えていない。

おはようございます、いらっしゃいませ、ありがとうございます——。

挨拶の斉唱を終え、持ち場につく。

ロッカーの隅から引っ張り出してきたノートを、夕夏はじっくりと読み返した。伝票の処理の手順、検印の依頼先、税金の種類によっての受付可否。銀行の事務は、信じられないほど面倒で、手続きも多岐にわたる。

記憶の中では新品に近かったノートは、すっかり端がよれていた。習った覚えがない手続きについてのメモが記載されているページもある。その字が間違いなく自分の筆跡であることに、夕夏は底知れない恐怖を覚えた。

——大丈夫。ハイカウンターなら、ちゃんとできるはず。

そう自分に言い聞かせていると、後ろから「河野さん」という甲高い男性の声がした。

「やあ、久しぶり。とはいっても、俺のことは覚えてないんだよね。課長代理の小寺正《まさ》文《ふみ》です、よろしく」

背後に立っていたのは、背の低い中年男性だった。目つきが悪く、こちらを睨《にら》みつけるようにしている。ハイカウンターの業務を統括している、とさっき後藤から説明があったことを思い出し、夕夏は慌てて「よろしくお願いします」とお辞儀をした。

「河野さんがこっちのカウンターに入るのは、なんだか変な気分だな。新卒のときにさんざんやってたって話だから大丈夫だとは思うけど、お客様にご迷惑だけはかけないように」

「はい、気をつけます」

「それと、河野さんは正社員なんだから、少しでも脈がありそうなお客様はどんどん融資やローカウンターに回してよ。今月もノルマがきついんだからさ」

ねとり、ねとりと話す口調が鼻につく。小寺の背中越しに、心配そうにこちらを眺めている馬場美南の姿が見えた。どうやら、あまり人望があるタイプの上司ではないらしい。この人には目をつけられないようにしよう――などと考えながら、夕夏は去っていく小寺の髪の薄い後頭部を見送った。


東西銀行三鷹支店は、午前九時に開店した。正面の入り口から入ってくる客に向かって、フロアにいる行員一同、声を合わせて挨拶をする。

「いきなり立ち仕事で大丈夫？　きつかったら代わるからね」

古参のパートタイマーである林律子《はやしりつこ》が、後方事務のデスクからこっそり声をかけてきた。パートといっても、彼女は三十年前にこの銀行に入行したベテランだ。寿退職後、三人の子どもの育児を経て十年前にパートとして復帰したのだという。

「ありがとうございます」

林律子に向かって軽く頭を下げ、番号札の呼び出しボタンを押す。

ハイカウンターの業務なら問題ない——はずだった。

幾人かの客を受け付けるうちに、夕夏の頭は次第に熱を持ち始めた。身体が異常なほど緊張して、動悸《どうき》もだんだんと激しくなる。

さっきから、なかなか業務がスムーズに進まなかった。出金伝票の手続きを後方事務に依頼しようとしても、パートの顔ぶれが変わっていて誰が何の担当なのか分からない。無意識に顔を知っている人にすべて頼もうとしてしまい、「それは私の担当」と冷たく伝票を奪われる。

税金の支払いを希望する客から払込用紙を受け取った後で、この二年間で税制の変更はなかっただろうか、とふと不安に襲われてしまい、待っている客に不審な顔をされる。すかさず林律子が飛んできて、「あぁもうどうしたの、これはそのまま処理すればいいのよ」と軽く叱られる。

銀行印を紛失したため変更したいという客に、変更届と紛失届の用紙を渡そうとして引き出しを開けるが、記憶していた場所に書類がない。バタバタといくつもの引き出しの中身を確認していくうちに、ちょうど手が空いていた新入行員の持木絵里花が「ここですよぉ」と教えてくれる。しかし、待たされた初老の男性客は苛立《いらだ》った顔をしていて、「お姉さん、新人?」などと皮肉を言われる。

昼休みを迎える頃には、ズキズキとした頭痛が治まらなくなっていた。

思い出さなければならないことが、あまりに多すぎる。

すっかり落ち込みながら三階の更衣室に向かい、持参した弁当をロッカーから取り出した。自分が何を覚えていて、何を忘れているのか。この二年間で何が変わっていて、何がそのままなのか。思った以上に分からないことだらけで、涙が出そうになる。

そんなときに限って、更衣室前の休憩スペースには課長代理の小寺の姿があった。わざわざ違うテーブルに腰かけたのに、小寺は椅子ごと横を向いて話しかけてきた。

「午前中、だいぶ苦労してたみたいじゃない。後藤さんが河野さんなら大丈夫って太鼓判を押すもんだから窓口に立ってもらったけど、やっぱりまだ早かったんじゃないの。自分の病気は自分しか分からないんだからさ、できることとできないことはきちんと区別してくれないと」

「すみません」

「まあ、今月は上半期の締めで忙しいから、配置はそのままにしておくけどさ」

夕夏を窓口業務から外すつもりで言ってきたのかと思ったが、ただの嫌味だったようだ。夕夏が弁当を半分ほど食べたタイミングで小寺は昼食を終え、一階の営業室へと戻っていった。

大きくため息をつき、弁当箱の中味を見つめた。ほとんど味がせず、食欲もちっともわかない。

入れ替わりに、ローカウンター業務に就いていた馬場美南が現れた。薄ら笑いを浮かべて階段を下りていく小寺と、憔悴《しょうすい》している夕夏を見比べ、彼女は何かを察したようにはっと息を呑《の》む。

「あの……河野さん。今、小寺代理に何か言われました？」

馬場が駆け寄ってきて、小声で囁《ささや》いた。後輩にどこまで話してよいものかと迷ってから、「ちょっと、仕事が上手《うま》くいかなくて」と視線を逸《そ》らす。

「それ、河野さんだけじゃなくて……みんな、何かしら八つ当たりされてるので。小寺代理、最近奥さんと仲が悪いらしくて、毎日機嫌が悪いんです」

「えっ、そんな理由？」

「後藤代理も困ってましたし、持木さんなんて三日に一度は泣かされてます。だから、気にしないほうがいいですよ。河野さんはこれまで叱るところがなかったので……今、ここぞとばかりに攻撃してるんだと思います」

こんなふうにフォローを入れてくれるなんて、よくできた後輩だ。しかし、彼女の表情が硬いのが気になった。どこか怯《おび》えているような様子で、夕夏と距離をおいて立ち、大きな瞳《ひとみ》を泳がせている。

いったん更衣室に消え、弁当を持って戻ってきた馬場は、夕夏の隣には座らずに席を一つ空けて腰かけた。どうやら、普段から仲良くしているわけではないらしい。夕夏も積極的に職場の同僚と仲良くするタイプではないし、見たところ馬場も大人しそうだから、昼休みに談笑するような間柄にはならなかったのだろう。

それにしても、妙にびくびくしながら喋《しゃべ》る後輩だな——などと考えながら、夕夏は弁当を食べ終え、すぐに席を立った。今日はなかなか客が多い。人手が足りないというのは本当のようで、とても丸々一時間の休憩は取れそうになかった。

営業室に戻ろうとして階段を下りると、従業員用化粧室前の狭いスペースで、持木絵里花が小寺に説教されていた。持木は俯《うつむ》いていて、指先で目元を拭《ぬぐ》っている。身を小さくして隣を通り抜けると、小寺のねちねちとした声が聞こえてきた。

「――印鑑のもらい忘れはもう二度とするなと言っただろ？　さっき追いかけて戻ってきてもらったお客様が、どれほど面倒な思いをしたか。結婚して氏名変更をするだけでも大変なのに、行った先の銀行員のミスで二度手間になってさ――」

馬場美南が言っていたのはこのことか、と合点しながらその場を去る。持木絵里花は、あまり要領がいいタイプの新入行員ではないらしい。三日に一度は泣かされているということは、仕事上のミスもそれだけ多いのだろう。

彼女と同じことにはなりたくない――けれど。

昼休みに緩和しつつあった頭痛は、窓口業務に戻るとすぐにぶり返した。

入出金や振込だけなら慣れてきたものの、イレギュラーな依頼が来るとすぐに思考がストップする。顧客情報を検索しようとして、システムのページの表記が変わっていただけで手間取る。書類の体裁が変更されていたことに気づかず、印鑑をもらい忘れそうになる。

挙句の果てに、複雑な相続手続きを希望する客がやってきたときは、知識が頭の中で錯綜《さくそう》して混乱に陥った。何の書類を受け取って、何を出せばいいのか。時間がかかりそうな手続きだが、そのままハイカウンターで処理すべきか、ローカウンターに回すべきか。細かいことが気になってにっちもさっちもいかなくなり、結局林律子に一から十まで対応をお願いしてしまった。

「ああ、もういいから。あなたはこれをコピーしてきて。それならできるでしょ」

悪気はないのだろうが、林のテキパキとした指示が夕夏の心を傷つけた。

時折、馬場美南や持木絵里花の視線を感じた。彼女らは、林のように手を差し伸べようとはしなかった。後輩という意識があるから、先輩である夕夏に指図はしにくいのだろう。

午後二時を回った頃には、頭痛は余計にひどくなっていた。ガンガンと内側から叩《たた》かれるような痛みがあり、額に汗がにじむ。

心身ともにボロボロになりながら、閉店の午後三時を迎えた。

いったんはほっと息をついたが、その後の締め作業では再び緊張が走った。システム上の勘定と現金の計算が合わず、全員で伝票探しをする羽目になったのだ。もし自分のせいだったらと真っ青になったが、最終的には持木絵里花のミスだったことが発覚した。

持木が全員に平謝りして回るのを横目に、出納印の確認や税金関係の書類送付へと移る。すべての作業が終わった後、自席に戻って引き出しから日誌を取り出した。

記憶のない時期の自分が、毎日書いていた日誌。

もしかしたら、記憶を取り戻すのに有益な情報は書いていないだろうか——と、パラパラとページをめくってみる。しかし、ひと月前の自分は、一日に二、三件ほど入っているアポイントの内容と成果しか記録していなかった。思えば、支店長まで閲覧する職場の日誌に、プライベートに関する内容を記載するはずがない。

また、頭痛がひどくなってきた。

今日一日の反省と今後の解決策を憂鬱《ゆううつ》な気持ちで書いていると、後藤聡子から声がかかった。

「河野さん、もう定時過ぎてるから、無理せずに帰りなよ」

「あ、でも、まだ日誌が」

「じゃ、書き終わったらすぐに。復帰初日からエンジン全開にしてたら、また倒れちゃうからね」

後藤聡子が同じ係の上司として残っていたことは、不幸中の幸いだった——と思う。あと一年経っていたら、少なくとも後藤か夕夏のどちらかは他店への異動を命じられていたはずだ。

他の正社員が残って仕事をしている中、夕夏は周りに「お先に失礼します」と挨拶《あいさつ》し、フルタイムのパートタイマーと一緒になって三階の更衣室へと向かった。

スーツに着替え終わり、鞄《かばん》を肩にかけてとぼとぼと階段を下りる。すると、不意に「よう」と勢いよく肩を叩かれた。

顔を上げると、すぐ横にスーツ姿の男性が立っていた。菊池克樹《きくちかつき》だと気づき、目を丸くする。新入行員の頃に同じ三鷹支店の営業事務係に配属され、一緒に仕事をしていた同期だった。

「あれ、菊池くん――まだこの支店にいたの」

「失礼な。俺、去年から個人渉外係にいるんだよ。日中はずっと外回りの営業で、朝晩は二階にいる」

「丸一日姿が見当たらないから、他の支店に異動になったのかもしれないと思ってた」

「残念ながら、河野さんと俺は三年間、ずっと三鷹に閉じ込められっぱなしさ」

「三年……そうなんだ」

飲み会が苦手で、他の支店に配属された同期との付き合いもまったくない夕夏も、菊池克樹には少々心を許していた。おどけたことを言うのが上手な、話の面白い男子だ。この支店に配属された同期は二人だけという仲間意識もあった。

「いやあ、接客中に倒れたって聞いたときはびっくりしたよ。何度もこうやって話す機会はあったのに、体調悪いなんておくびにも出さなかったからさ。真面目に仕事しすぎて、無理が祟《たた》ったんじゃないか」

「私、そんなに真面目だった？」

「それはもう、ね。今はいいけど、同じ部署のときは毎日プレッシャーだったよ。同期ってだけで比較されるだろ」

菊池は自虐的に笑ったが、その明るい表情はすぐにしぼんでいった。

「……記憶がなくなったって、本当だったんだな。まさか、俺が渉外係に異動したことも覚えてないとは」

「ごめんね」

「いやいや、仕方ないよ。それより、仕事は大丈夫？」

「大丈夫じゃないかも」夕夏は思わず弱音を吐いた。「今日も失敗ばかりだったし、ローテラーをやってた記憶は全部消えてるし、小寺代理には怒られるし」

菊池は目を丸くして夕夏の愚痴を聞いていた。しばらくしてから、彼はぽんぽんと夕夏の背中を叩く。その親しげな態度に驚きつつも、なんとなく救われたような気分になった。

「今日一日、相当つらかったんだな。何かあったら頼ってこいよ。話ならいつでも聞くから。とはいっても、河野さんならどうせ一瞬で仕事を覚え直すと思うけど」

「……ありがとう」

「あ、そういえば、携帯変わった？　入院中に何度か連絡したんだけど、返信がなかったからさ」

「ごめん、このあいだ新しいのを買ったの。パスコードが分からなくなっちゃって」

新しくなったメッセージアプリのＩＤを教えると、菊池はその場で手帳に書き留めた。

「じゃ、退勤したら連絡するわ」と片手を上げ、菊池は二階の渉外フロアへと去っていった。

少数ながら、味方はいる。

だけど——期待には応《こた》えられない。

従業員用出入口から外に出ると、九月になっても変わらない蒸し暑さが押し寄せた。夕方の風がそよそよと吹いている。何日も徹夜で仕事をしたかのような疲労感に襲われながら、夕夏は家への道を急いだ。


コンビニで百円のおかずをいくつか選んで、アパートへと帰る。

砂利道に入ると、夕夏は自然と身を硬くした。ここ数日は見ていなかったが、夕方や夜になると、水上俊介が街灯の下に佇《たたず》んでいることがあるのだった。週に一度か二度、だろうか。

二週間の自宅療養中は、カーテンの隙間から覗《のぞ》き、その存在を確認するだけにしていた。何度か会話したことのある美青年が家の前にいるからといって、呼ばれてもいないのにわざわざ出ていく気はしない。得体の知れない青年に、夕夏は恐怖心こそ抱いていなかったが、毎回丁寧に応対する義務も感じてはいなかった。

第一、彼は味方なのか、それとも敵なのか。

悪性脳腫瘍《のうしゅよう》から夕夏を救い、命を助けてくれたという点では味方なのかもしれない。ただ、二年もの記憶を突然奪ったという点では、どうだろう。

職場での数々の失敗を思うと、顔から火が出そうになる。記憶さえなくなっていなければ、あんなことは起こらなかったのだ。

角を曲がり、アパートの前へと出る。電信柱のそばに、青年の姿は見えなかった。よかった、と胸を撫《な》で下ろして外階段に近づこうとしたとき、後ろで軽い足音が聞こえた。

「やあ」

涼しげな声がする。夕夏は驚いて振り返った。どこから出てきたのか、砂利道の中央に水上俊介が立っていた。

色素の薄い目をした彼が、はにかんだように微笑み、ゆっくりと近づいてくる。

こうやって目の前に立ってみると、彼の姿は普通の人間と変わらなかった。身体が透き通っているわけでも、宙に浮いているわけでもない。発光もしていないし、羽や尻尾《しっぽ》が生えてもいない。

それどころか、彼が履いているのはナイキのロゴが入った黒いスニーカーだった。細身の身体にぴたりと合っている黒い長袖《ながそで》シャツも、ユニクロや無印良品《むじるしりょうひん》で売っていそうなシンプルなものだ。ありふれたそのフォルムに、ふと拍子抜けしそうになる。悪魔を題材とした短編を幾度も読むうちに、夕夏は勝手に青年の存在を非現実的なものへと脳内変換してしまっていたようだった。

そのへんにいる同年代の男性と異なるのは、夕闇に浮いて見える両手の白手袋と、儚《はかな》げで複雑な美しさ、くらいだろうか。

いた夕夏にたびたび目撃されてい　「水上が首を傾げる。どうやら、部屋に引きこもっていた夕夏にたびたび目撃されていたことは知らないようだった。悪魔だか天使だか知らないが、全知全能の存在というわけではないらしい。

「スーツ姿ということは――今日から職場復帰？」

「うん、そう」

夕夏はそっけなく返事をする。なけなしの愛想は、今日一日の窓口業務で使い果たしていた。

つっけんどんにあしらったせいで水上が不機嫌になるかと思ったが、彼は形の綺麗《きれい》な眉《まゆ》を寄せ、心配そうに夕夏の顔を覗き込んだ。

「だいぶ顔色が悪いね。久しぶりの仕事で、エネルギーを使ったのかな」

エネルギーを使った、どころではない。思わず感情的に言い返しそうになり、夕夏はその衝動をぐっとこらえた。

「……記憶が抜けているだけで、こんなに仕事ができなくなるとは思わなかったから」

「大変な思いをしたんだね」

「他人事《ひとごと》みたいに言われても」

「ごめんごめん。でも、あのまま死ぬよりはましだったでしょう？　もしくは、腕を一本とか、脚を一本とか、そういう激痛が伴う代償でもよかったんだけど――それよりは、まだ記憶のほうが」

水上の生々しい言葉に、夕夏はぶるりと身体を震わせた。脚を一本失い、全身のバランスを崩しながらも姫に捧《ささ》げる一曲を弾ききったヴァイオリニストの短編が頭に蘇《よみがえ》る。やっぱり、あの本に出てくる悪魔は、水上と何らかの関係があるのではないだろうか。

悪性脳腫瘍で苦しんで死ぬよりは、そして身体の一部を持っていかれるよりは、記憶を失うほうがまだましだ。そのこと自体は否定できない。

「……まあ、それはそうなんだけど」

「二年間の記憶だけで済んでよかった。そう思ってもらえるように、精一杯サポートしていくよ」

「また、保険のアフターフォローみたいなことを」

「追加契約を迫ったりはしないけどね」

水上は可笑《おか》しそうに頬を緩めた。

しかし、その目の奥には苦悩の色が見え隠れしていた。

なぜだろう。人から大事なものを奪って、代わりに願いを一つ叶《かな》えるという力に、彼は満足していないのだろうか。こうやってたまに夕夏の家の前で待っているのもアフターフォローの一環なのだとすれば、ずいぶんと手間がかかっている。

「これって、水上さんの仕事なの？」

「……仕事？」

「死に際の人間の枕元に現れて、代わりに何かを奪うこと。どうしてわざわざそんなことをやっているのかな、と思って」――全然、楽しくなさそうなのに。

「ああ」水上は合点したように頷《うなず》いた。「まあ、そこは想像にお任せするよ」

「秘密主義なんだ」

「ルールは守らないといけないからね」

そう答え、水上は身を翻した。「また来るよ」と声を発し、そのまま道路の方面へと消えていく。まるで、それ以上質問されるのを意図的に避けたような行動に見えた。

強い風が吹き、夕夏の前髪を吹き上げた。

我に返り、コンクリート階段を上ってドアの鍵《かぎ》を開ける。部屋に入り、まず窓を開けた。夜が近づき、だんだんと気温が和らいでいる。

ふと、ベッドの上に投げ出した通勤用の鞄《かばん》から、バイブレーションの音がしているのに気づいた。スマートフォンを取り出して画面を見ると、『実家』という登録名が大きく表示されていた。

思わずため息をつく。本当は携帯番号を家族に教えたくなかったのだが、弟の翼にねだられたため断れなかったのだ。

退院してからこれまでの二週間にも、三日に一ぺんくらいは電話がかかってきた。大抵は翼からだが、「栄養のあるもの食べてる？」「仕事に復帰する日は決まった？」という小学生らしからぬ質問の裏に、心配性の母の影が見え隠れしていた。おおかた、母自身が電話口に出たのでは娘の反抗心を煽《あお》るだけだと自覚しているのだろう。

『あ、もしもし、お姉ちゃん？　翼だよ！』

電話を取ると、案の定、元気な弟の声が耳に飛び込んできた。

『体調はどう？　もう元気？　今日からお仕事だったんだよね？　どうだった？』

母から言付かっている質問を、まずはありったけぶつけてくる。少々面倒に思いながら当たり障りなく答えていくと、翼は満足げに夕夏の回答を復唱していった。近くにいる母に実況中継しているつもりのようだ。

こうして十歳の少年の声を聞いていると、つくづく不思議な気分になる。生まれてから長い間、夕夏のそばにいたのは双子の妹の星羅だけだった。同い年だった星羅と、十五歳下の翼。この二人がどちらも自分と血が繋《つな》がったきょうだいなのだということは分かっているが、未《いま》だに違和感が拭《ぬぐ》えない。

『ねえねえ、お姉ちゃんは最近本読んでる？　僕は日本史の漫画にハマってるよ。家に置いてあったやつだから、お姉ちゃんも同じのを読んだのかなぁ』

翼が潑剌《はつらつ》とした声で近況を語り始めた。好きな本、好きな食べ物、好きなお店。翼はどんどん質問をぶつけてくるから、こうした雑談でも気を抜けない。物心ついたばかりの頃に突然家を出ていった姉のことが、以前から気になっていたのかもしれなかった。

ひとしきり幕末の歴史について喋《しゃべ》り倒した後、翼は甘えた声で問いかけてきた。

『話変わるけどさ、お姉ちゃんって、カレシはいるの？』

小学四年生の話はずいぶんと脈絡がない。夕夏は面食らいながら「いないよ」と答えた。

『ええっ、いないの？　大人になったら勝手にできるのかと思ってた』

なかなか傷つくことを言う。夕夏はもともと人付き合いが少ないが、何も一生独身で通したいわけではなかった。彼氏だって、いたことはある。大学二年生の頃に、ゼミの先輩の紹介で知り合った他大学の学生と、三か月くらい付き合っただけだが。

『でもさ、お姉ちゃんは二年間の記憶がないわけでしょ。その間に新しいカレシができてたかもしれないよ。本当はいたのに、そのことを忘れちゃってるのかも』

「それはないと思うな」

『どうして？』

「携帯の番号は変わってないんだから、もし彼氏がいるならとっくに連絡をもらってるはずでしょ」

『あ、そっかぁ』

「どうしてそんなことを訊《き》くの？」

『あのね、僕、クラスに好きな女の子ができたの。二学期から転校してきた子なんだよ。だからカレシになりたいんだけど、どうすればいいのかなって。もしお姉ちゃんにカレシがいるなら、アドバイスが欲しかったの』

ませている小学生だな、と思わず苦笑する。しょうもない理由に呆《あき》れつつも、今日一日の疲れが多少癒《いや》されるのを感じた。

恋人か、と考える。それ以前に、夕夏には友人と呼べる存在さえほとんどいそうになかった。携帯を新しく買っても電話は来ないし、もともとSNSもやっていない。距離の近い存在を強いて挙げるなら、今日職場で最後に言葉を交わした菊池克樹くらいだろうか。

じゃあそろそろね、という翼の言葉で、夕夏は我に返った。

「ああ、うん。またね」

『お父さんかお母さんとも話す？』

「ううん、いい」

『そっか。今度、こっちにも遊びに来てね！』

毎回の決まり文句を言い放ち、翼は電話を切った。音が途切れたのを確認してから、夕夏はスマートフォンをベッドの上に投げ出す。それから、自分もごろりと仰向けに寝転んだ。

白い天井を眺めながら、ふと考えた。

今の自分は、水没してデータを失ったスマートフォンや、壊れて初期化されたパソコンと、同じようなものではないだろうか——と。

だとしたら、真っ白になった機械も、今の夕夏と同じくらい、寂しいのだろう。

第二章
星を奪った雨

＊

——ねえねえ、夕夏。聞いてよ。
——なあに？
——今日学校でやった百マス計算、クラスの新記録出しちゃった。
——えっ、どれくらい？
——一分二十秒。
——わあ、すごい！
拍手をする夕夏の隣で、星羅は心から嬉《うれ》しそうな顔をしていた。
彼女の手には、担任の先生からもらった手作りの賞状が握られていた。黄色い画用紙に印刷された『計算速かったで賞』という文字の隣に『河野星羅』という妹の名前が書いてあるのを見て、夕夏も同じくらい誇らしい気持ちになる。

三年生になった今年から、同じ学年に転校生が増えて、クラスが二つに分かれることになった。一組の男の先生は、算数がとても大好きで、一週間に一度、クラスで百マス計算大会を開催する。一方、二組の先生はのんびりとした女の先生で、本の読み聞かせや紙芝居に力を注いでいる。

——私、二組でよかった。星羅みたいに計算速くないから。

——えー、一組も楽しいよ。計算が遅い子には、先生何も言わないし。

——だって私、このあいだ星羅と一緒にやったとき、二分近くかかったよ。

——それは慣れてないからだよ。

——ううん、私には真似できない。

いつだって、夕夏は星羅のことを自慢に思っていた。ピアノも弾ける。勉強もできる。「星羅ちゃんと夕夏ちゃんって、星羅ちゃんがお姉ちゃん？」と訊かれるたび、自分でも納得していた。五十音順でも夕夏より星羅のほうが先に来るし、もういっそ、星羅が姉ということにしてしまってもいいかもしれない。

小学校から、徒歩三十分の帰り道。田んぼの間を抜け、用水路にかかる橋を越えて、双子の姉妹は長い道のりを毎日仲良く往復する。そして、一組での星羅の活躍を聞くたびに、夕夏は声を弾ませる。

――すごいなあ。本当にすごいなあ、星羅は。

＊

河野さーん、という鈴の鳴るような声が聞《き》こえた。診察室に呼ばれたのかと思って腰を上げようとすると、ぽん、と軽く肩を叩《たた》かれた。

「お久しぶりです。覚えてます？」

見上げた先には、悪戯《いたずら》っぽい笑みを浮かべた岡桜子が立っていた。今日も薄ピンク色のスクラブに全身を包み、手にはクリップボードを持っている。

「岡さん！」

驚いて立ち上がろうとすると、「座ったままで大丈夫ですよ」と制止された。看護師と親しげに話していることで周囲の視線を浴びていることに気づき、夕夏は身を縮めながらソファに再び腰を下ろす。

「退院からもうすぐ一か月ですね。その後、気になることはありませんか」

「今のところ、大丈夫です。記憶喪失含め、何も変わっていません」

「思い出せない症状はそのままなんですね」岡は化粧映えのする顔を曇らせた。「でも、お元気そうでよかった」

「どうしてここに？　今日は外来の担当なんですか」

「いいえ、そういうわけではなくて。河野さんの予約が入ってるって柴田先生から聞いて、早めのお昼休憩のついでに顔を出してみたんです」

「びっくりしました。さっき診察券を出したばかりなのに、もう順番が来たのかと」

「紛らわしくてごめんなさい。診察まではもう少々お待ちくださいね」

岡が壁のモニターに表示されている番号を眺め、ぺこりと頭を下げた。その仕草が可《か》憐《れん》で、夕夏は思わずドギマギする。

「わざわざすみません。私なんかのために」

いつも明るく愛想がいい岡は、入院病棟では人気者だった。そんな彼女を独り占めして顰蹙《ひんしゅく》を買わないだろうかと、キョロキョロとあたりを見回してしまう。

「いえいえ、ここにきてるのは私の勝手ですから。患者さんが元気になった姿を見ると、私もやる気がみなぎるんです」

「本当にいい看護師さんですね」

たぶんこの人にとっては天職なのではないか、と思う。

「あまり長居をすると怒られちゃうので、このへんで。お大事にどうぞ」

岡は小さく舌を覗《のぞ》かせ、微笑みを残して去っていった。

それから十五分ほどして、今度こそ夕夏の名前が呼ばれた。十一時に外来予約をしていたのだが、もう十一時二十分を回っている。

柴田隆久、と書かれたプレートが貼られているドアをノックして、診察室へと入った。

一週間ぶりに会う担当医の柴田は、「こんにちは」と爽《さわ》やかに声を発し、目の前の椅子をすすめた。

「遅くなってすみません。この一週間はいかがでしたか」

時間が遅れたのは、それだけ診察が丁寧だからだ。退院してからこの病院を訪れるのは早四回目だったが、こうやって顔を合わせるたびに柴田への信頼感は高まっていた。

経過は順調だ、と柴田は話した。手術の傷も治癒しているし、今のところは再発もない。

記憶喪失のことについては、あえて柴田から尋ねてくることはなかった。無理に思い出そうとするとひどい頭痛に襲われる夕夏の姿を、これまでに何度か見ているからだろう。

特に時間はかからず、内服薬の処方のみで診察は終わった。夕夏が椅子から立ち上がろうとすると、「そういえば」と柴田が手を打った。

「岡には会えましたか」

「ええ、先ほど待合室で」

「それはよかった。この間、次はいつ来るのかと訊《き》かれたんですよ」

「本当に優しい看護師さんですね。院長の娘さんとなると、いつもあれくらい頑張らないといけないんでしょうか」

「まあ、それもあるかもしれないけど……特に河野さんには思い入れがあるんじゃないかな」

「どうしてですか」

「岡には河野さんと同い年の弟がいてね。去年、交通事故に遭ってこの病院に担ぎ込まれてきたんですよ。左腕を切断する大怪我でね」

柴田は神妙な顔で語った。「腕を」と夕夏は思わず息を呑《の》む。

「一命は取り留めたんですが、一時的に軽度の意識障害を起こしたらしく、手術後すぐは岡の顔を見ても姉だと分からなかったようで」

「意識障害……」

「要は、記憶を失くした河野さんと似たような状態だったわけですね。岡は、河野さんのことを、そんな弟の姿と重ね合わせているんだと思いますよ」

あの華やかな岡が、そのようなつらい出来事を経験していたとは――と驚きつつ、夕夏は恐る恐る尋ねた。

「すみません、あの、今、岡さんの弟さんは」

「ああ、大丈夫でしたよ。幸い脳に後遺症は残らず、社会人として立派にやってます。それどころか、事故のときに病院まで付き添ってくれた通行人の女性と、来月結婚するそうで」

「えっ、そんなことがあるんですか」

「転んでもただでは起きないとはこのことですよね」

柴田は肩を揺らして笑った。夕夏は拍子抜けしてしまい、止めていた息を全部吐きだした。

なんと、ドラマのようなハッピーエンドではないか。

入院患者みんなに愛され、仕事もよくできる岡桜子。交通事故に遭いながらも、夕夏と同い年で結婚という幸せをつかんだ岡の弟。

こういう大病院の院長の娘や息子は、田舎にある普通の家庭で育った自分とは、まったく異なる世界に生きる人たちなのかもしれない。きっと、与えられている運や能力も、生まれた瞬間から歴然とした差がついているのだろう。

一方の夕夏は、人生のコマを進めるどころか二年分も後退してしまった。

そのことを思うと、きまって心の底がずしりと重くなる。

それではお大事に、と診察室から丁寧に送り出され、夕夏は病院を後にした。

午前半休を取得しているから、今日の勤務は午後一時からだった。直接職場に向かうと正午過ぎには着いてしまいそうだったが、構わずバス停へと歩き出す。ちょうどやってきた三鷹駅行きのバスに乗り込むと、夕夏は窓ガラスに寄りかかって目をつむった。

気分が、重い。

銀行の仕事に復帰してから、すでに二週間が経っていた。

相変わらず、記憶の混乱による失敗は多かった。しっかり覚えたつもりでも不安が邪魔をするし、自信を持って処理しようとして林律子に止められることもしばしばある。

病気の影響か分からないが、新しいことを記憶する速度や集中力が落ちているような気もする。体力も衰えているのか、土日はほとんど寝て過ごしているのに、慢性的な疲労が抜けなかった。

役席を除き、営業事務係にいる三人の正社員の中で一番年次が高いのは夕夏だった。その夕夏が主戦力にならないせいで、部署は終始てんやわんやしている。一年目の持木絵里花は夕夏以上にケアレスミスが多いし、二年目の馬場美南は慣れないローカウンター業務を覚えるので精一杯に見えた。

倒れる前の水準まで、早く感覚を取り戻さなければいけない——という義務感ばかりが、空回りしている。

最近は、昼休みも勉強を続けていた。二年目や三年目の自分が残していた仕事のメモ。ローカウンターで運用相談を行う際に必要になる知識が詰め込まれている、投資信託ガイドや外貨預金ガイド。現在お客様にご案内できる保険商品の一覧。合格した記録が残っている資格試験の参考書。読み込んで覚えなければならない資料は、気が遠くなりそうなほど多かった。

今日も、早めに出勤して少しでも勉強の時間を取るつもりだった。ただ、もし窓口が忙しそうであれば、早めに業務開始することになる。それはそれで、新人同然の夕夏にとっては大事な実地演習だった。

駅前でバスを降り、急ぎ足で支店へと向かう。こうして街中を歩いているときも、自分が忘れてしまった知り合いとすれ違ってやしないかと、常に怖かった。

従業員用出入口に社員証をかざし、中に入ると、ちょうど階段を下りてきた個人渉外係の営業に声をかけられた。

「あ、河野さん。ちょっと訊きたいんだけど、先月新しく始まった個人年金保険の加入条件って――」

何気ない口調で話している途中で、彼の表情がはっと固まる。

「――ああ、そうか。ごめんごめん。他の人に訊くわ」

二〇一六年に夕夏が入社した時点で、五年目だった先輩だ。今はもう三十近くになっているのだろう。パートのおばさんたちの噂で、去年他の支店の同期と結婚したと聞いた。

営業室へと消えていく営業の背中を見送る。復帰後、こういうふうに話しかけられるのは初めてではなかった。投資信託や外貨預金について尋ねられ、夕夏が反応できないでいると、相手がひとりでに気づいて去っていく。

記憶を失う前の自分との差を見せつけられているようで、そのたびにやるせない気持ちになった。

もちろん、三年目の自分だって、それまでに多くの失敗や学習を積み重ねたからこそ、先輩たちに頼られるまでになったのだろう。それがほぼ白紙に戻ってしまったと思うと、焦りが募る。

階段を上り、三階の更衣室へと向かった。その手前にある休憩スペースには、昼食をとっている同僚が幾人か座っていた。「お疲れ様です」と挨拶《あいさつ》を交わしながら、その中に馬場美南と持木絵里花がいることに気づく。

「あ、河野さん。よかったぁ、これで午後の勤務も乗り切れます。午前中、人が足りなくて大変だったんですよぉ」

持木が間延びした口調で言う。彼女の性格を考えると悪気はないのだろうが、やむを得ず病院に行っていた夕夏を責めているように聞こえ、少しむっとする。

そんな後輩の失礼を詫《わ》びるように、馬場が慌てた様子で隣の椅子を指差した。

「お昼、まだですか？　よかったら一緒に食べませんか」

「ありがとう。お邪魔します」

更衣室で制服に着替えてから、持参した弁当箱を持って後輩たちのもとへと戻る。持木はすでにコンビニ弁当を食べ終えていた。馬場は、たった今休憩に入ったばかりなのか、スープジャーの蓋《ふた》を開けているところだった。

「この三人がお昼休憩かぶるのって、珍しいですねぇ」

持木が夕夏と馬場の顔を交互に眺めながら、何度か頷《うなず》く。確かにそうだ。倒れる前までのことは知らないが、夕夏が職場復帰してからは初めてのことだった。

「先輩たちとなかなかゆっくり話す機会がないので、嬉《うれ》しいです」

「お互いハイテラーだったときは、休憩のタイミングが合わなかったもんね」

「ホントですよぉ。銀行員がこんなに余裕がない一日を送ってるなんて、入行前は全然知りませんでした」

「私も。事務なんて特に、楽な仕事なのかと思ってたよね」

持木と馬場の雑談を聞き流しながら、夕夏は弁当へと箸《はし》を伸ばした。節約のため毎日家から弁当を持ってきてはいるが、料理をする気力はないため中身は冷凍食品ばかりだ。

「学生のときは、丸《まる》の内《うち》OLの二千円ランチ特集とか見て、憧《あこが》れてたんですけどねぇ。私もああいう社会人ライフを送るぞ！　って。それなのに、毎日ここでコンビニ弁当を搔《か》っ込んでばっかり」

持木ががっくりとうなだれた。それを見た馬場が「ああ、テレビでたまにやってるやつね」と苦笑する。

「日本橋《にほんばし》支店あたりに配属されれば、たまにはお洒落《しゃれ》ランチができたのかもしれないね」

「よぉし、次はきっとそのへんに……あ、渋谷《しぶや》や新宿《しんじゅく》でもいいかも」

「都会になればなるほど、仕事の忙しさも増すけどね」

馬場が優しく微笑んだ。控えめで大人しい馬場は、出しゃばりなところのある持木によく懐かれているようだ。性格が正反対だから、馬が合うのかもしれない。

自分はどうだったのだろう、と考える。二人とプライベートでも仲良くしている様子は想像できなかった。この二週間、いつもおどおどしている馬場とはほとんど会話をしていないし、こちらが切羽詰まっているときでも空気を読まずに話しかけてくる持木にはたびたび苛立《いらだ》ちを覚えてしまっている。

しかし、こうやって輪に入れてくれるくらいだから、険悪な関係ではなかったのだろう。「指導員の河野さんには普段から相当お世話になってるんだから、こういうときに恩を返させておかないとね」と、病院まで見舞いに来てくれた後藤聡子も言っていた。夕夏は二人の面倒を見る。二人は先輩である夕夏から仕事を学ぶ。そういう関係だったのであれば、少なくとも今よりは多くコミュニケーションを取っていたはずだ。

「そういえば、二人はこのへんの出身なの？」

夕夏がふと尋ねると、馬場と持木は目を丸くした。距離を縮めようとして発した質問だったが、よく考えたら、記憶を失う前の夕夏は当然その情報を知っていたはずだ。そのことに思い当たり、ほんの少し恥ずかしくなる。

「私は練馬《ねりま》ですよぉ。今も実家から通ってます。大江戸《おおえど》線沿いなので、本当は新宿本店勤務だとアクセスがいいんですけどねぇ。ここはちょっと遠いです」

持木が愚痴っぽく言葉を並べる。それにかぶせるように、馬場が口を開いた。

「私も実家暮らしです。埼玉の、浦和《うらわ》のあたりです」

「そうなんだ。通勤、大変じゃない？」

「電車に乗る時間は五十分くらいですけど、けっこう混みますからね。そういえば、河野さんは確か一人暮らしでしたよね。出身はどちらなんですか」

問いかけられて、今度は夕夏が驚いた。三年目になった夕夏は、緊急連絡先を曖昧《あいまい》にしておくばかりか、相変わらず出身地まで秘密にしていたらしい。やはり、この後輩たちとは仕事以外の付き合いがなかったようだ。

「長野だよ」

「へぇ！　遠いですねぇ」持木が目を瞬く。「長野の、どこですか」

「千曲《ちくま》市ってとこ。知らないでしょ」

「チクマ？　うーん、分からないです」

「別に、山と川以外何もないしね。だから、私にとっては三鷹も大都会に見えるよ。渋谷や新宿なんて、行くたびに目が回るし」

故郷について語ることは特になかった。後輩たちのことを知りたくて質問してみただけだったのに、こちらの情報を深掘りされるのは本意ではない。

「ってことは、入院したとき、ご家族は長野からお見舞いに来たんですか」話題の内容に配慮したのか、馬場が小さな声で尋ねてきた。「お母様と弟さんに会った、って後藤代理が言ってましたけど」

「あ……うん。しばらく東京にいて、面倒を見てくれたよ」

「そうだ！　そういえば！」

不意に持木が手を打って、キラキラとした目を向けてきた。

「彼氏さんも、毎日お見舞いに来てくれたんですか。もしかして、ご家族と鉢合わせしちゃったりしたんじゃないですか」

「……え？」

「あれぇ」持木が首を傾げる。「河野さんって、恋人がいるんだと思ってましたけど。違いました？」

「そんなこと、私が言ってた？」

「いや、河野さんは何かと秘密主義なので、直接聞いたわけではないですけど——パートさんたちや後藤代理もみんな、いるんだろうね、って噂してましたよぉ。バレンタインの日に綺麗《きれい》な紙袋を持ったまま帰っていったり、クリスマスに急いで帰宅したりしたのを見た、って」

「本当に？」

まったく覚えのないことだ。馬場を見やると、彼女も気まずそうに頷いた。

「私も、そんな気はしてました。更衣室で着替えているときに、河野さんのスマホの画面が見えちゃったことがあって。男性っぽい名前の人とやりとりしてたので、彼氏さんかなと」

「男性っぽい名前、って？」

「ごめんなさい、どんな名前かは忘れちゃいました」

馬場は申し訳なさそうな顔をした。彼女の場合、夕夏のスマートフォンの画面を覗《のぞ》いてしまったこと自体に罪悪感を覚えているようだ。

「でも——河野さんに心当たりがないなら、私の勘違いだったかもしれませんね。相手の男の人は、彼氏さんじゃなかったのかも」

「ええっ、そんなことあります？　バレンタインやクリスマスの目撃証言があるのに？」

持木が大きな声で反論した。ちょうど隣のテーブルに座ろうとしていた融資係の男性行員が、驚いた顔でこちらを振り返る。

「私は、河野さんには恋人がいた、に一票です。河野さんはきっと、病気のせいでその人のことを忘れちゃってるんですよ。その人、今頃どこかで悲しんでいると思います。千円賭《か》けてもいいですよぉ」

持木は威勢よく主張してから、「あっ、そろそろ戻らないと」と叫んでバタバタと休憩スペースを去っていった。残された夕夏と馬場は、思わず顔を見合わせて沈黙する。

「なんか、すみません。持木さんって、思い込んだら一直線、みたいなところがあって」

「ううん、別に」

そう答えつつも、気になり出すと止まらなかった。

——『最も大切なもの』とは、恋人に関する記憶のことなのだろうか？

例の頭痛が始まり、夕夏は俯《うつむ》いて額を押さえた。馬場の心配そうな視線を感じたが、顔を上げることはしなかった。

いつも、この頭痛が邪魔をする。今の夕夏には、二年間の空白を取り戻そうと努力することさえ許されないようだった。

帰り際に、階段の踊り場で呼び止められた。振り返るなり、夕夏は慌てて飛び退《の》いた。ちょうど頭の中に思い浮かべていた人物が目の前に現れ、動揺する。

「ああ、菊池くん。びっくりした」

「そんなに驚かなくても」

菊池克樹は苦笑いして頭を掻いた。スーツ姿の彼は、通勤鞄《かばん》を手にしていた。

「これからお客さんのところ？」

「違うよ。このまま定時退勤。一週間みっちり働いたから、金曜くらい自分にご褒美を与えないと」

「そっか、お疲れ様。今日は飲み会？」

「いいや、特に予定はない」菊池はそう言ってから、腰をかがめてちらりと夕夏の顔を覗いた。「河野さんも、今帰るところ？」

「そうだよ」

「なら、ちょっと付き合ってよ。そのへんで飲みたいな」

「え、今から？」

「だって、花金だし」

菊池は悪戯《いたずら》っぽく笑う。夕夏が驚いていると、「ああ、ごめんごめん」と菊池は両手を胸の前で合わせた。

「まだ退院から一か月も経ってないのに、アルコールはよくないよな。だったら、酒は飲まなくてもいいから。ご飯の美味《おい》しい店に行こう。な、そうしよう」

さも決定事項であるかのように、菊池は店の候補をいくつか挙げる。夕夏が戸惑いつつも「うん、いいよ」と頷《うなず》くと、菊池はいそいそと階段を下り始めた。

職場を後にすると、菊池は駅とは反対方面へと歩き出した。途中で角を曲がり、慣れた様子で狭い路地へと入っていく。菊池がたまにランチを食べに来るという一軒家イタリアンは、静かな住宅街の中にひっそりと木の看板を出していた。

こうやって菊池と二人きりで食事をするのは、覚えている限り初めてのことだった。

平日十七時台だからか、他に客はカップルが一組しかいない。

案内されたのは、窓際のテーブルだった。先に立っていた菊池が、奥のソファ席をさりげなく夕夏に譲る。男性からこういう扱いを受けるのに慣れない夕夏は、そわそわしながら椅子に座った。

木を基調とした店内の照明は薄暗く、テーブルには丸型のキャンドルが置かれていた。自分たちのスーツ姿が浮いているような気がして、心配になって小声で尋ねる。

「ここ、ディナーは高いんじゃない？　大丈夫？」

「気にするなって。今日は俺の奢《おご》りだから」

「ええっ、それは困るよ」

「遅くなったけど、退院祝いってことで」

同期の菊池に甘えていいものか、夕夏はしばらくためらった。「俺が無理やり誘ったようなものだしさ」となだめられ、ようやく引き下がる。

「その代わり、俺は飲ませてもらうよ。なんてったって花金だからな」

言い訳めいた口調で宣言しながら、菊池がドリンクメニューを開く。菊池が白のグラスワイン、夕夏がウーロン茶を頼んで、「退院おめでとう」「ありがとう」の言葉で乾杯した。

食事の注文は菊池に任せた。彩り野菜のブルスケッタ、旬の魚のカルパッチョ、タコのフリット。メニューを指差しながら店員と会話している菊池は、思っていたよりずっと大人っぽく見えた。

その顔つきも、以前に比べてずいぶんと凛々《りり》しい。

空白の二年間のうちに、菊池も社会の荒波に揉《も》まれてきたのだろう。そんなことをぼんやりと考えながら、運ばれてきた料理を皿に取り分ける。

「俺さ、嬉《うれ》しかったよ。河野さんが俺のことを覚えててくれて」

白ワインのグラスを片手に、菊池が神妙な顔をした。「え？」と訊《き》き返すと、菊池はさらに続けた。

「なくなった記憶は二年分なんだろ。それがもし三年だったら、馬場さんや持木さんだけでなく、俺のことも綺麗さっぱり忘れられてた。だからせめて、存在だけでも覚えてもらえててよかったな、と」

「三年分の記憶が消えたら、勤務先のことも、今住んでる場所のことも全部忘れてただろうね。で、たぶん自分のことを大学四年生だと思い込んでた」

「うわあ、それは怖いな」

「そうなったら、もうそのまま退職するしかなかったかも」

「戻ってこられて本当によかった。……いや、記憶が消えてるのによかったなんて言っちゃいけないのかもしれないけど」

菊池はぶつぶつと口の中で呟《つぶや》いてから、「日常生活に支障はないの？」と問いかけてきた。

「それほどは。アパートも変わってなかったし、スマホは新しく契約できたしね。家賃が月二千円値上げされてたのにはびっくりしたけど」

「そうか、賃貸契約を更新した覚えはないわけだもんな」

「見たこともない小説や漫画が本棚にたくさん並んでたりもしたよ」

「ああ、この二年間に出た新刊ってことか。でも、全部もう一回無料で楽しめるっていうのはいいかも。――あ、ごめん、不謹慎か」

「全然いいよ。実際そのとおりだし」

すべて読んだ記憶がないから、自宅療養中もまったく退屈しなかった。一番好きな漫画の続刊が六冊ほど増えていたのを見たときは、むしろ密《ひそ》かに喜んだ。

翼が病院にまで持ってきた『悪魔の計らい』と題された古典的ＳＦ短編集以外は、特に自分の好みから外れた本はなかった。あの本を入手した経緯だけは、未《いま》だに分からない。

病院で目覚めた翌日に担当医からトランプ大統領や藤井聡太のことを訊かれてまったく答えられなかったことや、ニュースで『平成最後の夏』という言葉を聞いて仰天したことを話すと、菊池は「そうかぁ」と腕組みをして唸《うな》った。

「社会の流れが分からないのはつらいな。もしかして、『君《きみ》の名《な》は。』も知らない？」

「ええっと、何かの予告で見たことあるような気はするけど……何だっけ」

「ピコ太郎《たろう》の『ＰＰＡＰ』は？」

「はい？」

菊池はおどけた表情で両手を上げ、「ペンパイナッポーアッポーペン」と握った拳《こぶし》を近づける動作をしてみせた。夕夏が首を傾げると、「やっぱりか」と肩を落とす。

「あ、じゃあ、ＳＭＡＰが解散したことは知ってる？」

「それは――」

頭痛がして、夕夏は一瞬顔を歪《ゆが》めた。霞《かすみ》がかった記憶の中から、国民的アイドルグループに関する情報をすくい出す。

「――解散するかも、っていうところまでは、覚えてるかもしれない」

「そうなんだ。『君の名は。』の封切も、『ＰＰＡＰ』の動画公開も、ＳＭＡＰの解散発表も、全部二年前くらいの話なんだけどね」

菊池は、『君の名は。』の映画がいかに大ヒットしたかという話を語ってくれた。その言葉に熱がこもっているのを聞き、今度DVDでも借りてみよう、と心に決める。その後、菊池はスマートフォンを取り出して『PPAP』の動画を見せてくれた。夕夏が反応に困っていると、「まあ、こういうのが流行《はや》ったんだよ」と菊池は早々にその話題を終わらせてしまった。

「でも、寂しくない？　前のスマホがロックされて開けなくなったってことは、データの引継ぎもできなかったんだろ」

「うん」

「友達の連絡先が分からないって、きついな」

「後々困ることがあるかもね。でも、今は特に。もともと、付き合いが多いほうでもないし……昔から、休日はずっと家にこもって過ごしてるから」

「そういえば、新入行員のときの自己紹介で、趣味は読書と映画鑑賞って言ってたもんな」

「よく覚えてるね」

「俺は、こう見えて舞台鑑賞が好きだから。もちろん映画もよく見るし、本も読むよ。だから、もしかしたら似た者同士かも、って嬉しくなったんだ」

「あれ、そうだったの。てっきり、菊池くんはスノボやサーフィンが好きなのかと」

「ひどい。とんだ偏見だ」

菊池は不満げに口を尖《とが》らせた。その表情が小学生のようで、夕夏は思わず噴き出した。すると菊池が途端に目を輝かせ、「河野さんが笑ったの、久しぶりに見た」などと言い出すものだから、どういう顔をすればいいのか分からなくなる。

しばらくの間、好きな本や映画の話が続いた。この二年間で世に出た話題作を菊池は丁寧に教えてくれ、夕夏は律儀にそのタイトルをスマートフォンのメモ帳に打ち込んでいく。その合間に、菊池がパスタやピザを注文し、また新たな料理の皿が目の前に並んでいった。

楽しいひとときが過ぎていった。ふと、テーブルの上に置いた左手に菊池の右手が迫っているのに気づき、夕夏ははっとして身を引いた。いつの間にか菊池が身を乗り出していて、顔や手の距離が近くなっていた。

――私たちって、こういう関係だったんだっけ。

テーブルの上のキャンドルが、ほのかに赤くなった菊池の頬を下から照らす。同じ支店にただ二人配属された同期、という枠組みに、この二年間で何かしらの変化があったのかどうか。グラスを変えて赤ワインを飲み始めた菊池をしばらく観察してみたが、判断がつかなかった。

気がつくと、ずいぶんと時間が経過していた。店に入ったのは十七時半過ぎだったが、すでに二十時近くなっている。

「そろそろ、出る？」

夕夏のほうから提案すると、菊池が名残惜しそうな顔をした。グラスに残っていたワインを一口で飲み干し、「お会計お願いします」と店員に声をかける。やっぱり割り勘にしようと再度持ちかけてみたが、クレジットカードを取り出した菊池に拒否された。

変な気分だった。ソフトドリンクしか飲んでいないのに、身体が火照《ほて》っている。

店を出るときに、菊池が小さな声で囁《ささや》いた。

「――」

「え？」

「ううん、何でもない」

よく聞こえなかった。だけど、菊池はたぶんこう言った。

――なあ、俺のこと、どう思う？


駅の方面へと向かう菊池とは、店の前で別れた。

帰り道、夕夏は幾度も、彼が最後に発した言葉を脳内で反芻《はんすう》した。

一番心が許せる同期、菊池克樹。

突飛すぎる想像ではあるが――もし彼が、この二年間で自分の恋人になっていたとしたら。

支店内恋愛だから、周りには言えない。バレたら最後、どちらかが異動させられてしまうからだ。だから、持木も馬場も、後藤聡子やパートのおばさんたちも、二人の関係性を知らなかった。

そして、菊池は何か思うところがあって、自分が恋人であることを、記憶を失くした夕夏に言い出せずにいる――。

可能性はある、と思う。夕夏は菊池と付き合っていた想い出を綺麗《きれい》さっぱり忘れてしまった。否、取り上げられてしまった。悪性脳腫瘍《のうしゅよう》を良性へと変え、命を助けてもらうことと引き換えに。

もしそうだとしたら、夕夏は菊池にひどい仕打ちをしていることになる。

頭の中の鈍痛が消えない。もやもやとした気持ちのまま、家の前の路地に辿《たど》りつき、私道の砂利道へと入った。

「あ」

その途中で、ふと足を止める。夕夏の声が届き、電信柱に寄りかかっていた人影がこちらを振り向いた。

水上俊介は、いつもと同じ服装で街灯の下に佇《たたず》んでいた。白い手袋が、光を受けて月のように輝いている。顔のつくりや雰囲気は〝天使〟に近いが、真っ黒な衣服は〝悪魔〟を思わせた。

「そんなふうに毎回待ってたら、いずれ近所の人に通報されるよ」

「気をつけてるから大丈夫」

夕夏の忠告を、水上はさらりと受け流した。背筋を伸ばし、こちらに身体の正面を向けて、夕夏の目の前に立ちはだかる。

「黒い服を着て闇に紛れてるつもりかもしれないけど——その手袋、なかなか目立つし」

「そう？　でも、素肌を出したくなくてね」

日焼けを気にする女子のような答えが返ってくる。冗談を言っているつもりなのかと思ったが、彼はいつもどおりに優しく微笑していた。

「ここ最近、なかなか会えてなかったね。調子はどう？」

彼の問いかけには、「まあまあ」と答える。アフターフォローと言うからには、彼の目的は夕夏の記憶と体調について確かめることだ。記憶は相変わらず戻らないし、身体は順調に回復しているから、特に報告することはない。

ただし、今日はこちらから訊《き》きたいことがあった。

「私から奪った記憶って、私が付き合っていた恋人のこと？」

詰問口調で尋ねる。水上は一瞬驚いたような顔をして、「どうして？」と問い返してきた。

「職場の同僚に訊かれたの。俺のことをどう思うか、って。もし私が彼と付き合っていたことを忘れているのだとしたら、なかなか罪深いことをしているのかもしれない」

「そうか」水上は考え込むように目を閉じた。「それで、その人とはどうなりたいの」

「どうなりたい……のかな」

あまりに突然のことで、自分でもよく分からなかった。

「新卒の頃から信頼し合っている、同じ支店に配属された同期だけど……そういう目で見たことはなくて。でも、すごく優しくて気遣いのできる男子ってことは知ってるし、職場で私のことを一番理解してくれてるのは間違いなく彼だと思う」

「ふうん」

　ああいうふうに食事に誘ってもらえたこと自体、思ってもみない出来事だった。菊池克樹というのは、同期の中でも顔が広く、とても社交的な人物だ。そんな彼が自分のような人間に恋心を抱いているかもしれないというのが、夕夏は未《いま》だに信じられなかった。素直に嬉《うれ》しいという気持ちもある。

「どうすればいいのかな」

「僕にアドバイスを求めるの？」

　水上は意外そうな顔をして、目を瞬いた。数秒間の沈黙の後、「気持ちの赴くままに進めばいいと思うよ」と彼は淡々と言った。

「記憶を失う前がどうだったか、というのは関係なく、今の自分の気持ちに正直になったほうがいい。でないと、あとで後悔する」

「今の自分の気持ち……」

　考えてみても、よく分からなかった。菊池の言動を、今の自分が好意的に捉《とら》えているのは確かだ。だが、職場に復帰してからは、覚えなければならないことだらけで、緊張の日々が続いている。疲労もどんどん蓄積するばかりで、誰かに恋愛感情を抱く余裕もない。

いずれにせよ、今は適切な答えが出そうになかった。

「それで、どうなの。二年間の記憶を奪ったのは、私に恋人がいたからなの」

「さあ、どうかな」

「記憶を取っていったんだから、その内容くらい知ってるんでしょう」

「企業秘密」

水上は夕夏の質問をはぐらかし続けた。埒《らち》が明かず、しまいに夕夏が大きくため息をつくと、彼は初めて同情の色を目の奥ににじませた。

「一つだけ、教えてあげようか」

九月下旬の涼しい夜風が、ふわりと水上の前髪を吹き上げる。

君は——と彼は力を込めて続けた。

「失くした想い出に、もっと自信を持つべきだよ」

それじゃ、と白い手袋をはめた手を上げて、水上は砂利道を歩いて去っていった。軽い足音が遠ざかり、黒く細長い後ろ姿が小さくなっていく。

想い出に自信を持つべきというのは、どういうことだろう——と考えた。

水上俊介は、彼なりに、菊池との関係を後押ししてくれているのかもしれない。

夕夏が毎日職場で必死にもがいているうちに、いつの間にか季節が巡っていた。ついこの間までは暑そうに見えていた水上の長袖《ながそで》シャツも、今はもう秋の住宅街にすっかり馴染《なじ》んでいる。

また風が吹き、夕夏のうなじを撫《な》でた。

見上げた空に、月は浮かんでいなかった。

＊

「ねえ、昨日検印に回す書類をまとめたの誰？」

朝の営業室に、小寺正文のねちっこい声が響き渡った。

「例によって、持木さん？」

「ええっ、なんで私なんですか。違いますよぉ」

「すみません、私です」

夕夏は手にしていたバインダーを机に置き、身を硬くしながら小寺に歩み寄った。どうやら、またやってしまったらしい。

「ああ、河野さんか。なるほどね」小寺はわざとらしく眉《まゆ》をひそめ、手にしている茶封筒をかざしてみせた。「直接課長に回すはずの書類が、こっちの袋に交じってたよ。ただでさえ掛川課長は忙しいんだから、こういうミスがあると書類の回覧がどんどん遅れるよね」

「申し訳ございませんでした」

「もう復帰して三週間くらい経つんだから、いい加減しっかりしないと。分からないことがあったら、処理する前にきちんと周りに訊いて解決してね。今回は俺がすぐに気づいたからよかったけどさ。監査で減点されたらどうする気だよ」

「今後気をつけます」

事務上の小さなミスを発見するたびに小寺が部下を嫌味っぽく攻撃するのは、すでに見慣れた光景となっていた。パートの面々はさほど叱られないが、小寺は正社員に対して特に厳しい。大ざっぱでのんびりしている持木絵里花と、記憶違いによるミスを起こしやすい夕夏は、小寺の格好の餌食《えじき》になっていた。

去っていく小寺の背中を眺めながら、おかしいな、と考える。

こうやって同僚全員の前で皮肉を言われるのを避けようと、細心の注意を払いながら事務処理を行ったつもりだった。特に検印に回す書類は、間違いがないように過去のメモとしっかり見比べながら仕分けたはずだ。

急いでノートを取り出し、過去の自分が記したメモを何度も読み返した。どの部分が間違っていたのか分からず考え込んでいると、「あの」とか細い声で話しかけられた。

「よかったら、それ、見せてもらってもいいですか」

馬場美南が、おずおずと夕夏のノートを指差していた。先輩である夕夏に対して遠慮している様子の彼女が、業務中に自分から話しかけてくるのは珍しい。

「あ、うん。雑なメモで申し訳ないけど」

ノートを渡すと、馬場は真剣な顔で細かい文字を読み込み、「あっ」と途中で声を上げた。

「あの、ここなんですけど……去年、ルールが変更になって。代理じゃなくて、課長に検印を依頼することになったんです」

「そっか、そもそものメモが間違ってたんだね」

「はい。この行だけ修正しておけば、あとは問題ないと思います。あ、でも、念のためもう一回読み込んでもいいですか」

馬場は夕夏のメモをゆっくりと指で辿《たど》っていった。その動作がまどろっこしく、夕夏はついつい開店時刻までのタイムリミットを気にしてしまう。持木とは別の意味で、馬場もマイペースな性格をしているのかもしれない。

丸々二分ほどの時間が経過してから、馬場はようやく顔を上げ、ノートを差し出してきた。

「検印関連じゃないんですけど、同じページに書いてあったので、一つだけいいですか」

「どれ？」

「あの、ここの部分――あ、えっと、違いました、こっちなんですけど」

馬場はつっかえながらも、この二年で変更された行内ルールについて一生懸命教えてくれた。たどたどしい解説ではあったが、ベテランパートタイマーの林律子による早口の指示よりもよっぽど分かりやすかった。持木絵里花などは、これくらい丁寧に説明されたほうが仕事の呑《の》み込みが速くなるかもしれない。

「ありがとう。これで間違えずに済みそう」

説明を終えた馬場に礼を言うと、彼女はほっとしたような表情を浮かべた。

「こちらこそ、すみません。私なんかが河野さんの仕事に口を出して」

「え、そんな――」

「嫌だったら言ってくださいね。私、説明が下手で、イライラさせちゃうかもしれないので」

馬場はぺこりと頭を下げ、足早に立ち去ってしまった。夕夏はぽかんとしてその後ろ姿を見つめる。

そういえば、馬場は夕夏と話すときに、いつも怯《おび》えた顔をしているような気がする。怖がられているのだろうか、と首を傾げる。

だとしたら、なぜだろう。

午前九時に開店してからは、忙しい時間が続いた。番号札を持って窓口へとやってくる客に応対しているうちに、時間は飛ぶように過ぎていった。

トラブルが起こったのは、昼休みが近づいた十一時半のことだった。

「ああ、姉ちゃん。なんか久しぶりだな」

七十代ほどに見える男性が、夕夏のいる窓口へとやってきた。白いものが交じった髭《ひげ》がだらしなく伸びっぱなしで、首回りがよれよれの白い長袖Tシャツを着ている老人だ。

番号札も持っていないのに、カウンターに寄りかかりながら話しかけてくる。

久しぶりと言われても、夕夏のほうに覚えはなかった。きょとんとしていると、途端に老人が声を荒らげ出す。

「俺のことを覚えてねえのか。ここに何度来たと思ってるんだ。あんたらが面倒な手続きを踏めってうるせえから、こっちは仕方なく来てやってるんだぞ」

「申し訳ございません。本日はどういった御用ですか」

クレーマーだ、と直感する。ちらりと後ろを振り返ると、こちらを見ていた小寺があからさまに目を逸《そ》らした。こういうときに部下を助けてこその上司だろうに、と文句を言いたくなる。

「来いって言われたから、来たんだよ」

「といいますと……運用相談のお約束などでしょうか」

「それくらい、調べれば分かるだろうよ」老人が指先でカウンターを叩《たた》いた。「こっちは昨日から機嫌が悪いんだ」

「昨日も来店されたんですか」――となると、本人確認書類や印鑑の不備で手続きが完了できなかったパターンかもしれない。

「違う違う。ロッテが楽天に負けたんだよ」

「……ロッテ？」

「言っただろ、俺はもともと千葉の出身だって。昨日の試合でロッテが負けたから、今日は虫の居所が悪いんだ」

野球の試合か、とようやく気がつく。困った客の対応は何度かしたことがあったが、野球の試合結果に対する苛立ちをぶつけてくる客は初めてだった。それとも、ちょっとした世間話のつもりなのだろうか。

「姉ちゃん、野球なんか興味ねえだろ」

「ええ……あまり詳しくはありませんが」

「見た目のとおりだな。ついでに、家事も得意じゃなさそうだ。その感じじゃ、まだ旦《だん》那《な》もいねえんだろ」

脈絡もなくずけずけと切り込まれ、夕夏は思わず眉を寄せた。その表情に触発されたのか、老人が突然気色ばむ。

「こんなに足を運んでるのに俺のことを覚えてねえなんて、話にならねえな。上役を呼べ」

「あの、お客様」

「いいから、早くしろ。こんな小さな銀行の口座くらい、こっちはいつでも解約できるんだぞ」

大変お待たせしました、木下《きのした》様――と後ろから落ち着いた声が聞こえた。後藤聡子が夕夏の前に割って入り、怒りだした老人へと恭しく頭を下げる。

「先月お手続きできなかった、暗証番号のご変更の件ですよね。ご本人確認書類はお持ちいただけましたか」

後藤はにっこりと笑みを浮かべてテキパキと話しかけながら、カウンターの下で左手をひょいひょいと振った。ここは私が対応するから後ろに下がっていなさい、という合図のようだ。

夕夏は一礼して窓口を離れ、いったん営業室の奥へと引っ込んだ。耳たぶが熱くなり、心臓の鼓動が速くなっている。ただのクレーマーならともかく、記憶の欠落を責められたせいで動揺してしまっていた。

——私が、覚えていなかったから。

「木下昇《のぼる》さんっていう、クレーム常習犯よ。現れ始めたのは、ここ二年くらいかしら。ここの近所に住んでるみたいで、ストレスを発散しに来るの。河野さんも、これまでに何度か被害に遭ってたはず」

後方事務をしていた林律子が席を立って近づいてきて、夕夏の耳にこっそりと囁《ささや》いた。

「毎月ここに顔を出しては、テラーの態度や言葉遣いに難癖をつけて帰っていくの。ああ見えて預金額が莫大《ばくだい》な資産家だから、解約を切り札にされると邪険にできなくてね。毎回最後は後藤代理や掛川課長が出ていって、平謝り。困ったものよねえ」

林は何事もなかったかのように椅子に座り、事務の仕事を再開した。

営業室には、木下昇というクレーマーのだみ声が響き渡っている。夕夏が木下のことを記憶していなかったことについて、後藤聡子を責め続けているようだった。

木下がようやく帰っていったのは、それから三十分ほどが経ってからだった。対応を代わってくれた後藤の手が空くまでは昼休憩にも入れず、夕夏は居心地の悪さを我慢しながらずっと営業室の隅で待機していた。

「後藤代理、すみませんでした。私……木下様のこと、忘れちゃってたみたいで」

小声で話しかけると、席に戻ろうとしていた後藤は「ああ」と微笑んだ。

「全然気にしないで。対応するのが誰であっても、結局は毎回同じ展開になるんだから。今日はたまたま河野さんが当たっちゃったってだけ。あのお客様の手綱を取れる猛獣使いは、ここには誰一人としていないの。私にだって無理」

声を潜めて爽《さわ》やかな毒舌を繰り出すと、後藤は人差し指を立てて天井を指差した。

「河野さん、もう休憩の時間でしょ？　私も行くから、一緒に上がろう」

「あ、はい」

さっさと奥の扉へと歩き出した後藤を追い、営業室を出る。客の目に触れない階段へと辿《たど》りつくと、安堵《あんど》の気持ちが胸に広がった。職場に復帰してからというもの、もともと向いていないと感じていた窓口業務が新卒の頃よりも苦痛になっていた。少しでもミスをすると小寺に咎《とが》められるようになったのが原因かもしれない。

「最近、調子はどう？　ハイカウンターのことは小寺さんに任せっぱなしだから、なかなかきちんと話せてなかったけど」

「未熟な部分ばかりで、肩身が狭いです」

「いやいや、河野さんはしっかりやってると思うよ。小寺さんに言われたことを気にしてるなら、あれは話半分でいいからね」

「でも――」

「あの人はさ、新宿本店で課長をしてたのに、部下からパワハラで訴えられて三鷹に飛ばされてきたんだよ。降格された腹いせなのか、毎日あの調子。嫌になっちゃうよね」

そうだったのか、と目を丸くする。後藤聡子も同じように不快な思いをしているのだと分かり、やや救われたような気分になった。

「他に気になることは？　私に答えられることなら、何でも聞いて」

「ええっと」

すぐには浮かばなかったが、後藤の厚意は無下にしたくなかった。しばらく考えてから、一つ、心に引っかかっていたことを思い出す。

「私、馬場さんに、何か悪いことをしたんでしょうか」

「馬場さん？」

後藤は目をぱちくりと瞬いた。思い当たることが特にないのか、首を捻《ひね》る。

「何かトラブルでもあったの？」

「いえ、トラブルってほどではないんですけど……私と話すときに、馬場さんがいつも怯えているような気がして。今は私のほうが仕事の経験が少ないようなものなのに、私に指導をするときも妙に遠慮しているみたいですし」

「ああ、そういうことか」

階段の途中で立ち止まり、後藤は手すりに寄りかかって腕組みをした。周りには他に誰もいない。

後藤は迷っているような表情を浮かべていたが、「まあ、分からなくもないよ」と口を開いた。

「河野さんには、後輩たちの指導員を務めてもらってたって話はしたよね」

「はい」

「気づいてると思うけど、馬場さんって、自分のペースを持っている子でしょう。迅速に仕事を進める河野さんとは、タイプが全然違うんだよね。だから、河野さんの目には、馬場さんの仕事ぶりが相当じれったく映ったんだと思う。正直、接し方はけっこう厳しかったかな」

「当たりが強かった、ってことですか」

「まあ、少しね」後藤は人差し指の先で首元を掻《か》いた。「きつく注意する頻度で言えば、どちらかというと馬場さんに対してよりも持木さんのほうが多かった気がするけど。といっても、小寺さんみたいに泣かすようなことはなかったから安心して。持木さんもあんな感じだから、まったく根に持ってはいないだろうし」

後藤はフォローを入れたつもりかもしれないが、比較対象としてあの小寺の名前が出たことに愕然《がくぜん》とした。程度の差こそあれ、以前の自分には小寺と似た側面があったということだ。

「細かく指導するのは、悪いことじゃないんだよ。河野さんは他の若い子よりもよく仕事ができるし、人一倍責任感が強いから、年次が上がるにつれていろんなものをしょいこんでたんだと思う。後輩たちのいい手本にならないと、って気負ってたのかもしれないね」

「その結果、怖がられてしまっていた……と」

「仕方がないよ。甘すぎてもダメ、厳しすぎてもダメ。後輩や部下を指導するっていうのは、私なんかにとっても永遠の課題だもの。自分ができることをみんなができるわけじゃない、ってことは、私も河野さんも肝に銘じておくべきかもしれないね」

後藤は明るい声で言い、夕夏の肩にぽんと手を置いた。

「そう考えると、最近の河野さんは前よりも優しくなった気がする。馬場さんや持木さんも安心してると思うよ。肩の力を抜くって意味では、病休もいい機会だったのかもね」

「そう、ですか」

後藤の分析は、正直意外だった。記憶を失ってからというもの、毎日が緊張の連続だ。それなのに、倒れる前の自分は、今の夕夏よりも気を張り詰めていたという。

二年目や三年目になって余裕のなくなった自分が、馬場美南にどういう態度を取っていたのか。その記憶はなかったが、なんとなく想像できるような気はした。

愛想がなく、ほとんど笑わない。何かを人に伝えたいときに、オブラートに包むことができない。

そういう自分の欠点は、十年くらい前からずっと自覚している。

「馬場さんも持木さんも、今の河野さんも同じ。自分のペースで、地に足つけて頑張っていけばいい。そうやって各々が成長してくれれば、こちらとしても見守りがいがあるってものよ」

後藤は夕夏の背中を叩《たた》き、三階へと階段を上っていった。

＊

『今、どこ？　俺はゆりかもめの改札前』

スマートフォンの通知画面に、待ち合わせ相手からのメッセージが浮かび上がる。その文字をすっと指でなぞると、アプリのトーク画面が開いた。

『JRのほうにいた。すぐに向かうね』

テキストを送信し、夕夏は新橋《しんばし》駅の烏森《からすもり》改札から離れた。外に遊びに出かける休日は、退院してから初めてのことだった。いや、倒れる前だって、ほとんどなかったかもしれない。

三日前に、菊池克樹からデートの誘いを受けた。先週金曜に二人で食事に行ってから、メッセージのやりとりは毎日続いていた。『光と音楽のアート展覧会、っていうのがお台場《だいば》でやってるらしいんだけど。もしよかったら行かない？　興味なかったら断ってくれて大丈夫だけど』という恐る恐る打ち込まれた様子の文章に、夕夏は『行きたい』と即座に返事をした。

アプリ上の菊池のアカウント名は、〝Katsu〟というローマ字表記になっていた。なるほど、これなら馬場美南が証言していた「男性っぽい名前」にぴったり当てはまるし、その正体が同じ職場の菊池克樹だとすぐに露見する心配もない。

菊池に対して自分がどういう感情を抱いているのかは、未《いま》だに分からなかった。それが分からないからこそ、誘いに応じて一日をともに過ごしてみようという気になったともいえる。

――どうしても気になるなら、自分自身で探し当ててもらわないと。

夕夏から記憶を奪った水上俊介は、以前そう言っていた。この二年間に自分の身に何が起こったのかを知るためには、自ら真実を探し求めなければならないのだ。ただでさえ平日は仕事だけで疲弊してしまうのだから、休日まで家に閉じこもっていては、いつまでも謎を解くことはできない。

「あ、河野さん」

ゆりかもめの駅へと向かうエスカレーターを上ると、菊池克樹が立っていた。薄いオレンジ色の半袖《はんそで》シャツにジーンズというシンプルな服装は、明るい雰囲気の彼によく似合っている。

少なくなる。


「待ち合わせ場所、ちゃんと指定してなくてごめん。さ、行こっか」

菊池は心なしか緊張しているように見えた。その気配が伝染し、夕夏も自然と口数が少なくなる。


電車に乗り込むと、菊池は今から行く展覧会についての事前情報を語り始めた。

「最近、テレビでも何度か取り上げられててさ。見たことある？　大人気だから、チケットも予約制でさ。俺、前からけっこう気になってたんだよね。っていっても男友達とわいわい行く感じでもないから、今日は河野さんが一緒に来てくれて嬉《うれ》しい」

夕夏との間にたびたび起こる沈黙を埋めるかのように、菊池は絶え間なく喋《しゃべ》り続けた。気を使わせているようで申し訳ないが、かといって代わりに主導権を握れるほどのトーク力がこちらにあるわけでもない。そういう意味では、展覧会を見に行くというデートの内容はありがたかった。展示作品に没頭することが推奨される空間では、男女の間に会話は必要ない。


お台場に到着し、菊池の後について会場へと向かった。発券されたチケットを受け取り、中へと入る。

『光と音楽のアート展覧会』と名乗るだけあって、会場内は薄暗く、常に耳をくすぐるようなヴァイオリンやピアノの音が流れていた。そのリズムに合わせて、壁に映し出された無数の光が揺れる。プロジェクションマッピングの技術がところどころに使われていて、何の変哲もないテーブルの上に突然熱帯魚が泳ぎだしたり、階段を上っていくと歩いた軌跡が尾を引くように光ったりする演出もあった。

「すごいな」

「うん、綺麗《きれい》」

新しい作品に出会うたびに、菊池と夕夏は同じ言葉のやりとりを繰り返した。作品に当たる光以外の照明が落とされていて、周りにもカップルが多いせいか、たまに菊池が夕夏の背中に手を回してエスコートしようとする。そのたびに夕夏はそっと身をよじって、菊池の手をかわした。身体に触れられるのは、なんとなく落ち着かなかった。

最後に、ピアニストによる生演奏と光のコラボレーションを楽しむことのできる部屋に辿《たど》りついた。天井に広がる星空のような光の粒と、心に沁《し》みわたるピアノの演奏にひとしきり浸ってから、二人は並んで外へと出た。

「あれ、もう四時過ぎか」

腕時計に目をやった菊池が、驚いたように目を見開く。

「俺ら、わりとゆっくり回ってたんだな。二時間くらい？」

「そうみたいだね」

「想像以上にあっという間だったよ」

菊池は満足げに口元を緩め、「どうしようか」と太陽が低く傾いた空を見上げた。

「まだ、晩飯には早いし。せっかくなら、海でも見に行く？」

「うん、いいよ」

誘われるがままに、菊池と歩いていく。夕夏はお台場にほとんど来たことがなかったが、菊池は詳しいようだった。地図も見ずにすたすたと歩く様子を見て、前にも他の女性と来たことがあるのかな、と想像する。

それが自分だったという可能性は——果たしてあるだろうか。

決定的な証拠は見つからなかった。ただ、菊池が自分に好意を持ってくれているらしいことだけは感じ取れる。

海のそばのデッキに辿りつくと、強い潮風が二人の髪を煽《あお》った。ベンチを見つけ、並んで腰かける。

「展覧会、まじでよかったな」

「ね」

「流れてた音楽はクラシックが多かったな。河野さんは、そのへん詳しい？」

「あんまり。流行《はや》りの音楽よりはよく聴くけど、曲や作曲家の名前は知らない」

「へえ、俺もだよ。広く浅く、って感じかな。河野さんとは、やっぱり趣味が合うな」

菊池は顔をほころばせ、クラシックの魅力について熱心に語り始めた。その中には、夕夏が共感するものもあったし、首を傾げてしまうものもあった。曲自体が優れているからこそ数百年の年月を経て現代に受け継がれているのだという意見には同意だが、歌詞がないから楽器の音色そのものを堪能《たんのう》できるのがいいという発言は、声楽も比較的好きな夕夏には当てはまらない。

しかし、反論する気は起きなかった。夕夏を楽しませようとして話を盛り上げている菊池の努力は痛いほど伝わってくる。そんなに喋り続けなくても、夕夏は平和な時間を過ごせればそれでいいのだが、菊池は静寂を極端に嫌うタイプの人間のようだった。

「好きな作曲家って、いる？」

さっき知らないと伝えたばかりなのに、菊池が目を輝かせながら尋ねてきた。

「俺は、まずヴァイオリニストだと、一番好きなのがクライスラー。あとはパガニーニなんかもいいな」

パガニーニ、という言葉に、夕夏はぱっと顔を上げる。「お、もしかして河野さんも好き？」と期待を込めた口調で訊《き》かれたが、夕夏は黙って首を左右に振った。

あの短編について語っていた水上俊介の顔を思い出す。

この一か月で、水上は夕夏にとってすっかり身近な存在になっていた。彼が悪魔なのか人間なのか、敵か味方か、それすらも分からないのに、不思議と怖さは感じなかった。そこにいるのが当然というような顔で、一週間に二回ほど、街灯の下に佇《たたず》んでいる。

そのたびに夕夏は水上と五分ほど言葉を交わし、家へと戻る。彼が追ってくることはなく、気がつくと闇に姿を消していた。病院では真夜中にベッドの脇に現れていたが、今はそうやって夕夏を脅かすようなことはしない。

――彼はいったい、何を目的に私と関わり続けているのだろう。

「河野さん？」

肩に手を置かれ、ふと我に返った。「あ、ごめん」と背筋を伸ばすと、「昨日まで仕事だったし、疲れてるよな」と菊池は苦笑した。

「ほら見て、夕焼けが綺麗だよ」

菊池の人差し指が空の方向を示す。その先を見て、夕夏は思わずため息を漏らした。遠く向こうの水平線で、濃紺の海と朱色の空が混じり合っていた。それはあまりに幻想的な光景に見えた。思えば、ずっと山のふもとで育った夕夏は、海に映える夕焼けというものを今までに見たことがなかった。

〝あの日〟の夕焼けも、美しかった。

美しい晴れ空の後には、満天の星が現れると信じていた。だが、星空はやってこなかった。代わりに――。

水平線を見つめていた夕夏の目の前を、唐突に菊池の顔が遮った。

彼の顔が近づいてくるのに気づき、はっと唇を結ぶ。

ぽつり、と頬に冷たいものを感じた。

目の前まで迫っていた菊池の顔が、何事もなかったかのように離れていく。水を差された菊池は空を見上げ、「雨か」と残念そうに口にした。

見上げると、真上の空には厚い雲が浮かんでいた。蘇《よみがえ》りそうになる昔の記憶を、夕夏は慌てて頭の奥底へと押し込めた。

幾ばくもなく、雨がだんだんと強く降り始めた。菊池と夕夏はベンチを離れ、一番近くにあるショッピングモールへと駆けこんだ。まだ時間は早かったが、菊池の提案で食事をすることにして、その足で手頃なレストランを探し始める。

建物の最上階にあったハワイアン料理の店に、二人で入った。

「まだ、お酒はダメなんだよな」

「うん、ソフトドリンクで」

もともと、アルコールには強い体質ではない。医師から明確に酒を禁止されているわけではなかったが、万が一回ってしまったときのことを考えると、飲まないほうがよさそうだった。

運ばれてきた料理をつまみながら、今度は職場の人間関係についての噂話に花を咲かせた。とはいえ、二年間の記憶が飛んでいる状態で話すことなどないから、夕夏はもっぱら聞き役だ。

菊池は支店内の各部署の人間とよく飲みに出かけるらしく、営業事務係の内部事情もよく知っていた。特に、小寺がよく新入行員の持木を叱って泣かせていることは、渉外係の中でも有名な話だという。

「あの人、ちょっとやばいよな。憂さ晴らしを部署内でするなっての」

「うん。……でも、私もね」

その流れで、夕夏は昨日後藤聡子と話してからずっと悩んでいることを菊池に相談した。

「馬場さんや持木さんの指導員をしていたときに、ちょっと厳しく言いすぎることがあったみたいで。……私、ひどい先輩だったのかな」

「そんなことないよ。絶対ない。後藤代理は職場では普通にしてるけど、実は小寺代理のことが大っ嫌いなんだぜ。一方、河野さんのことはめちゃくちゃ可愛がってる。小寺代理と比較したように聞こえたのは、言葉の綾《あや》だよ」

「だといいんだけど」

「河野さんがしっかりしすぎてるから、後輩たちが勝手に萎縮《いしゅく》してた部分もあるんじゃないかな。気にしないほうがいいよ」

「でも、嫌われてたら困るな、と」

「ないない。少なくとも、俺は河野さんのこと好きだぜ」

半ば強引な会話の展開にやや面食らいながら、夕夏は「ありがとう」と薄く微笑んだ。

「そういえばさ」

前のめりの姿勢になって、菊池が突然切り出した。

「この間、持木さんに聞いたんだけど……彼氏のこと、覚えてないんだって？」

「え？　う、うん」

そのことが菊池の耳に入っているとは思わず、夕夏は慌てて水をぐいと飲んだ。持木絵里花の口の軽さに呆《あき》れそうになりながら、「私に彼氏がいたんじゃないかっていうのは、あくまで持木さんの想像だけどね」と補足する。

「でもさ、仮にだよ。仮に河野さんに彼氏がいたとしてさ、今突然その人が目の前に現れたらけっこう困るよな。全然知らない人か、もしくは存在は知っているけどデートすらしたことない人が、『あなたの彼氏です』っていきなり名乗るんだぜ」

「それは……相当びっくりするかもね」

「仮にそういう人が出てきたら、言われたとおりに相手をもう一度好きになれると思うか？　俺だったら無理だな。付き合った過程も分からないし、好きになったポイントも不明なのに、唐突に恋人だなんて宣言されてもさ。よっぽど顔がタイプとかじゃない限りは、難しいと思う」

「そうだね。記憶がないんだから、そう簡単に愛は芽生えないかも」

それどころか、強要されたような不快感を覚え、逆に嫌いになってしまうことだってあるかもしれない。

夕夏が顔をしかめていると、菊池がテーブルに頬杖《ほおづえ》をつき、ため息混じりに呟《つぶや》いた。

「そうするとさ、その彼氏だって、言うに言えないよな。記憶喪失になった彼女が、自分のことを全然好きになってくれなかったらと思うと、怖くて怖くて仕方ないもん。だから名乗り出ないいんだよ。臆病《おくびょう》なんだ」

「え、ちょっと……何言ってるの」

「きっと、様子を窺《うかが》ってるんだよ。彼女が記憶を取り戻すことを願って、今は距離を置いてるんだ。記憶を取り戻した暁には、自分のところに帰ってきてくれるんじゃないかと信じながらね」

「恋人がいるかもっていうのは、持木さんやパートさんたちの推測だよ。私は何も覚えていないし――」

「仮に、って前置きしたろ。あくまで、仮の話」

菊池は酔っ払っているようだった。手に持っているグラスに入っているワインは、いったい何杯目だろう。

今日の菊池は、どこか焦っているように見えた。

夕夏と過ごす一日の中で、できる限り距離を縮めようとしているような。

まるで、時間が有限とでも思い込んでいるかのような。

「河野さんの好きなところは、こうやって対等に話せるところなんだよな。同期だから肩の力を入れなくてもいいし、俺がどんな話をしても頭がいいからすぐに理解してくれるし」

この間よりもハイペースで酒を流し込んでいる菊池は、途中から赤い顔で力説し始めた。

「何より、趣味が合うんだよ。本とか、映画とか、音楽とか。俺、そういう話を喜んでくれる女の子と付き合いたいんだ」

そう言ってもらえるのはありがたい。だが、夕夏の心の中には迷いがあった。

確かに、趣味は似ている。一緒にいて楽ということも否定はしない。菊池は夕夏にいろいろな話をするのが楽しいだろうし、会話するたびに新しい知識を仕入れられるのは夕夏にとっても悪くない。

ただ、それ以上でもそれ以下でもないような気がしていた。こうやってデートスポットで過ごしていても、頼もしくて仲のいい職場の同期、というイメージは一向に抜けていかない。

失った二年間で、何があったのかは知らない。職場復帰した途端に菊池が距離を詰めてきた理由も分からない。しかし、今の夕夏が菊池にはっきりとした恋愛感情を抱いていないのは事実のようだった。

菊池には申し訳ない、と思う。

お台場からの帰り道、菊池の足はふらついていた。時々こちらにもたれかかってきて、「今日は楽しかったよ」と囁《ささや》く。体重をかけられた肩が、ちょっと痛かった。

実家のある千葉方面に住んでいるという菊池とは、新橋駅のJR改札内で別れた。去り際に、菊池が小さな声で呟いた。

「思い出してくれよ」

はっとするほど切実な口調だった。

「俺が――夕夏の彼氏だったんだよ」

夕夏が問い返す間もなく、菊池はよろめきながら総武《そうぶ》線のホームへと下りていった。

夕夏はその後ろ姿をしばらく見つめてから、その場を立ち去った。

菊池の言葉が頭の中で反響する。脳の奥が、ズキズキと痛む。

山手線《やまのて》から中央線《ちゅうおう》に乗り換え、三鷹駅に着いた頃には二十時半を回っていた。雨が降り続けている中を、持参していた折り畳み傘を広げて足早に歩く。

ようやくアパートの前の砂利道に辿《たど》りつき、ほっと息をついた。まさか今日はいないだろう、と顔を上げ、街灯の下に目をこらす。

彼は、そこにいた。

強い雨の中、傘もささずに地面にうずくまり、身を縮めている。

夕夏は驚いて駆け寄った。濡《ぬ》れそぼっている水上俊介に、小さな傘を差しかける。

顔を上げた水上は、いつになく青白い顔をしていた。苦しそうな表情が和らぎ、「ああ」と声を漏らす。

「珍しいね。土曜日に、こんなに長いあいだ出かけるなんて」

強がるような口調で言い、立ち上がる。同時に彼は、夕夏の手の上から傘の柄を握った。ひんやりと湿った白い手袋が触れ、夕夏は思わず手を離してしまう。

背が高い自分が傘を持とうという配慮のようだった。折り畳み傘の下の狭い空間で、夕夏は水上と見つめ合った。

黒いシャツが透けて、筋肉質な肩のラインが浮き上がっている。やはり水上は自分と同じ人間なのだということを、夕夏はようやく認識した。

「今日は、例の男性とデート？」

尋ねられ、夕夏は慌てて頷《うなず》いた。水上は「そうか」と微笑んだが、全身が冷えているせいか、その声はいつもよりも弱々しかった。

「こんな雨の日まで、わざわざアフターフォローに来なくてもいいのに」

「来たときは晴れてたんだよ。途中で降り出したけど、しばらくしたら帰ってくるんじゃないかと思って。それで、ここで少しだけ待ってた」

「でも、雨が降り出したのって」──何時間も前ではないか。

「やると決めたら最後まで突き進んでしまう性格でね。だから、気にしないで」

「そんなに濡れて、帰りはどうするの」

「大丈夫。家、近いから」

水上の何気ない台詞《せりふ》に、夕夏は目を丸くした。この不思議な美青年にも帰る家があるということ自体、これまでに想像したことがなかった。彼を見ていても、親の顔がどうだとか、家族構成がどうだとか、そういう人間臭いことは一切浮かんでこない。

夕夏の困惑に気づいた水上が、可笑《おか》しそうに頰を緩めた。「僕にだって家くらいあるさ。幽霊じゃないんだから」と彼は悪戯《いたずら》っぽい口調で言う。

「それで、今日のデートはどうだった？」

「そんなことまで話さなくちゃいけないの」

「どちらでも。相談したいと思ったら話せばいいし、秘密にしたいなら言わなければいい」

しばしためらってから、夕夏は小さな声で口にした。

「あのね。さっき菊池くんに教えてもらったんだけど……彼、やっぱり私の恋人だったんだって」

「へえ、そうなのか」

「……私、幸せになれるかな。菊池くんと」

「それは君自身が決めることだよ」

相談に乗るようなそぶりを見せたわりに、水上の返答は淡白だった。

レモン色の小さな傘の下で、水上を見上げる。

気のせいだろうか。水が滴っている彼の横顔が、月明かりを受けて輝いたように見えた。——こんな雨の中、月など出ているはずもないのに。

透き通るように白いその肌に、瞳《ひとみ》が吸い寄せられる。

心の奥底で、何かがうずいた。

——記憶を失う前がどうだったか、というのは関係なく、今の自分の気持ちに正直になったほうがいい。

先週水上に告げられた言葉が、ふと耳の中に蘇《よみがえ》った。たちまち頬が熱くなり、夕夏は慌てて鞄《かばん》を肩にかけ直す。

「おやすみなさい」

頭を下げると同時に、雨の中へと飛び出した。アパートの階段を上り、ドアに鍵《かぎ》を差し込む。

「ちょっと、傘――」

「要らない。持って帰って」

後ろから追ってきた声に叫び返し、夕夏は振り返りもせずに家の中へと駆けこんだ。

背中でドアが閉まる。部屋の中の静寂と、屋根を打つ雨の音に包まれながら、夕夏はしばらく荒い呼吸を繰り返していた。

＊

――あらあら星羅、こんなところに置いてたら、明日忘れて出場できなくなっちゃうよ。

椅子の背にかかっていた赤いハチマキを、母がふわりと持ち上げる。隣で寝転がってテレビを見ていた星羅が、あっ、と叫んで立ち上がった。

――ありがとう、お母さん。もうリュックに入れておくね！

真っ黒に日焼けした星羅の姿は、夕夏から見ても格好よかった。パジャマの半ズボンからすらっと伸びた健康的なふくらはぎに、ちょっぴりドキドキしてしまう。

双子なのに、毎年この時期になると肌の色にずいぶんと差が出るのだった。運動会のトリを飾る紅白混合リレーの代表選手として、星羅がそれだけ練習を重ねているということだ。

――これで、星羅は三年連続でリレーの選手か。

食卓でお酒を飲んでいる父が、顔をくしゃくしゃにして笑った。

――応援にも精が出るな。明日のリレーは、お父さんとお母さんと夕夏で、一生懸命エールを送るぞ。

――何言ってるのお父さん、夕夏は白組だよ。赤組の私のこと、応援できるわけないでしょ。

――あ、そっか。夕夏と星羅は敵同士か。こりゃ困ったな。

父が楽しそうに大笑いする中、夕夏も立ち上がって主張した。

――私、白組だけど、リレーは星羅のことを応援するよ。だって、家族だもん。星羅に活躍してほしいもん。

――わあ、嬉《うれ》しい。でも、こっそり応援しないと、白組のみんなに怒られるよ。

――心の中で言うから大丈夫。フレー、フレー、星羅、って。

――よぉし、そんなに応援されたら、頑張って一位獲《と》っちゃうぞ！

星羅が勢いよくガッツポーズをする。両親と夕夏による温かい拍手の音が、河野家の誇りである星羅を包み込んだ。

長い拍手を送りながら、夕夏は双子の妹に尊敬のまなざしを向ける。星羅が手にしている長いハチマキは、クラスの女子で一番足が速いことを示す勲章だった。

体育が苦手な夕夏は、一度も手に入れたことがない。それを星羅は、三年連続で頭につけ続けている。

――すごいなあ。本当にすごいなあ、星羅は。

＊

新幹線が、断続的にトンネルを通る。そのたびに、窓にもたせかけていた頭が強く揺すられ、スマートフォンの電波が弱くなる。

あのときとは何もかも違う、と思い返す。

誰にも告げずに地元を後にしたあの日、夕夏はローカル線をいくつも乗り継ぎ、五時間以上かけて東京へと向かった。折りたたみ式の携帯電話を握りしめて、だんだんと都会になっていく窓の外をひたすら眺めていた時間は、丸一日にも丸二日にも感じられた。

それなのに、帰り道はあまりにも呆気《あっけ》なかった。東京駅から北陸新幹線に乗ってしまえば、目的地までは一時間半もかからない。

――お姉ちゃん、まだ？

翼から催促の電話がかかってきたのは、先週の日曜のことだった。

――九月は二回も三連休があったのに、帰ってきてくれなくて悲しかったんだよ。来週は、また三連休だよね。今度こそ、来てくれる？

たぶん、母に言わされているのだろうとは想像がついた。だが、三回目ともなると、断る理由の選択肢もなくなってくる。夕夏が入院している間、一週間も母と翼を東京に滞在させてしまった負い目もあった。

車内に音楽が流れ始める。夕夏は首を伸ばして、前方の電光掲示板の文字を眺めた。

『まもなく、上田《うえだ》です。しなの鉄道、上田電鉄はお乗り換えです。上田の次は、長野に停まります――』

男性の声でアナウンスがかかった。夕夏は席から立ち上がり、網棚から淡い水色のスーツケースを下ろした。高校の修学旅行で沖縄に行くときに買ってもらったものだ。長野を出ていく日も、このスーツケースと一緒だった。

ジーンズのポケットに入れていたスマートフォンが、ぶるりと震える。取り出すと、『父』という登録名が通知画面に表示されていた。

『上田駅前のロータリーに停まってまーす。たぶんお姉ちゃんも知ってる車』

どうやら翼が代筆しているらしい。十歳でもスマートフォンを操れる時代になっているのだな、と感心しつつ、夕夏は返信を打った。

『ありがとう。もうすぐ到着です』

SMSのアプリを閉じ、ついでに菊池克樹とのトーク画面を開く。先週の土曜に引き続き、この三連休も遊びに誘ってくれていた菊池は、長野に帰省する予定だと伝えるとひどく残念そうにしていた。

『ゆっくり骨を休めてきなよ。俺とはまた来週遊んでくれたら嬉しいな』

菊池から今朝届いたメッセージをぼんやりと眺めながら、減速していく新幹線の通路を歩いて出口へと向かう。

本当は、しなの鉄道線に乗り換えて千曲駅まで行くつもりだった。しかし今日は、父が片道三十分かけてわざわざ上田駅まで車で迎えに来ている。翼曰《いわ》く、夕夏の帰省が突然決まって、父も母も急に張り切り出したのだという。

新幹線を降り、改札を抜けてロータリーへと向かった。見覚えのある銀色の古いミニバンがすぐ手前に停まっていて、翼が助手席から大きく身を乗り出して手を振っている。運転席から降りてきた父は、タクシーの運転手さながら、夕夏のスーツケースをひょいと奪い取ってトランクへと入れた。

「おかえり、夕夏」

直接目を合わせずに、父ははにかんだ笑顔を見せた。父の目尻《めじり》に寄ったしわが、夕夏がこの地を離れていた年月を思わせる。

後部座席に乗り込むと、車はすぐに出発した。翼がこちらを振り向き、話しかけてくる。

「あのね、お母さんはね、着いたらすぐにお昼ご飯を食べられるようにって、家で待ってるよ」

言ってた」

「そう」

「野沢菜の天ぷらを作るって。あと、栗おこわも。お姉ちゃんが好きだったから、って言ってた」

張り切っているというのは本当らしい。初日から気合いを入れて郷土料理でもてなそうとしなくても、別に逃げたりしないのにな、と思う。

天真爛漫《らんまん》な翼は、運転中の父にもよく話しかけ、後部座席の夕夏にもありとあらゆる質問をぶつけてきた。お姉ちゃんって、小学校は僕と同じ？　中学校はあそこだよね？　あのお蕎麦《そば》屋さんには、昔からよく行ってたの？　家の近くのコンビニって、もうあった？

うん、うん、と短く相槌《あいづち》を打っていく。コンビニだけは新しくできたことを知らなかったため、驚いた反応をしておいた。「うちの周りなんて、何もなかったのにね」と呟《つぶや》くと、「このまま東京みたいな都会になればいいのになぁ」と翼が非現実的な希望を述べた。

車は緩やかに流れる千曲川の横をまっすぐ進み、途中からバイパスに入った。さらに県道へと合流すると、左右には稲刈りを終えた田んぼが広がる。ところどころにスーパーやガソリンスタンドが密集する場所はあるものの、どこを走っていても常に遠方には緑の山々が見えていた。

「ほらっ、ここがコンビニ！」

千曲市の中心部を通り過ぎてしばらくしてから、翼が興奮気味に叫んだ。東京でもよく見るコンビニチェーンの看板が、懐かしい風景の中に突然出現する。

「ここか。歩いていくにはちょっと遠いね」

「でもさぁ、車ならすぐだし」

夕夏の冷静な感想に、翼が頬を膨らませる。

左右を木々に囲まれた細い道へと入り、山のふもとに近づいていった先に、河野家が住む一軒家はあった。

何も変わらない風景に拍子抜けする。家の外に無造作に停められた軽トラックも、雑草がぼうぼう生えている庭も、『河野』と彫られた手作りの木の表札も、すべて夕夏の記憶のままの姿をしていた。

車から降りると、玄関のドアが開き、母が飛び出してきた。よく帰ってきたね、と心なしか潤んだ瞳《ひとみ》で迎えられ、家の中へと案内される。

「どうする？　もう、お昼ご飯にする？　あ、それともまずはお茶でも飲みたいかしら」

六年ぶりに家へと帰ってきた娘に、どう接していいか分からないようだった。台所をバタバタと動き回る母に、「まずは荷物を置きたいんだけど」と声をかける。

「ああ、そうね。そっちの和室に置いてくれる？」

「二階じゃなくて？」

夕夏の部屋は二階にあった。一番大きな寝室が両親用、残りの部屋を夕夏と星羅に一つずつ。夕夏が家を出た時点では、まだ幼かった翼は両親と同じ部屋で寝ていたから、部屋の割り振りはそのままになっていたはずだ。

「ええっと、二階でもいいんだけど……」

母が天井を見やり、気まずそうに口元を歪《ゆが》めた。

「夕夏が使ってた部屋は、今翼が使ってるの。だから——もう一つの部屋が、移動させた荷物でいっぱいになっちゃって。和室で寝るのが嫌だったらそっちでもいいんだけど、少し狭いかも」

チクリ、と胸の奥が刺すように痛んだ。その痛みに気づかないふりをして、夕夏は
「ならいいや」と母に背を向けた。リビングと繋《つな》がっているふすまを開け、スーツケースとショルダーバッグを和室の隅に置く。

「お、いい匂いがするな。夕夏もお腹が空《す》いてるだろうし、さっそく食べよう」

「えっ、でも、今お茶を淹《い》れようかと」

「飯が先だろう。もう一時半過ぎだぞ」

両親が他愛もない言い争いをしている中、翼に手を引っ張られて食卓についた。揃いの椅子が四つついているダイニングテーブルは、夕夏と星羅が小学一年生になったときに両親が購入したものだ。ところどころに傷がつき、もうすっかり古びてしまっている。

「お姉ちゃんが来てくれて、みんな嬉《うれ》しいんだよ」

翼がこちらを見上げ、茶化すような仕草で両親を指差した。

やがて、食卓に母の得意料理が並び、四人での食事が始まった。翼が言っていたとおり、野沢菜の天ぷらや栗おこわといった、夕夏が比較的好んで食べていた料理ばかりが用意されていた。

「美味《おい》しい？　これ、昔から好きだったよね？」

感想が気になるのか、母がひっきりなしに話しかけてくる。うん、ありがとう、と短く答えながら、夕夏は懐かしい料理を口に運んだ。仏頂面のままでは母をやきもきさせてしまうことに気づき、意識的に口角を上げて愛想笑いを浮かべると、ようやく質問の嵐は止んだ。

そういえば、中学生や高校生の頃、食事中に両親と会話をしていた記憶がなかった。夕夏はただ黙ってテレビを見ていたし、父はいつもマイペースに晩酌をしていた。翼が生まれてからは、母は弟の世話にかかりきりだった覚えがある。

──今さら、どう振る舞えばいいのだろう。

父がつけたテレビに目をやった。幸い、沈黙が訪れそうになると、お喋《しゃべ》りな翼が場を繋いでくれる。実質一人っ子として暮らしている翼は、食卓の空気を乗っ取ることに慣れているようだった。

全員が食べ終わった頃、母が再びそわそわし始めた。「お茶、淹れようか。丸山《まるやま》さんからもらった和菓子があるけど、食べる？　でもまだお腹いっぱいかしら」などと質問を重ねる母に、夕夏はぶっきらぼうにならないよう心がけながら告げる。

「ちょっと、散歩してくるね」

「あ……あら、そう。久しぶりだものね。いってらっしゃい」

使っていた皿を流しに下げ、そのまま玄関へと向かう。すると後ろから軽い足音が聞こえてきて、「僕も行く！」と左腕に抱きつかれた。

「こら、翼、お姉ちゃんの邪魔しないの」

「いいよ、別に。一緒に行こうか」

そう答えると、追いかけてきた母は意外そうな顔をしていた。玄関で見送られ、幼い弟とともに家を出る。

「どこに行くの？　公園？」

「決めてない」

「ええっ、それじゃつまんないよ」

「翼が決めていいよ」

うーん、と翼が悩む。しばらく腕組みをしてから、翼はぱっと顔を輝かせた。

「学校はどう？　お姉ちゃんも通ってたんでしょ」

「いいよ。でも、土曜日だから入れないんじゃない」

「どうかな。もしダメだったら、コンビニでアイス買って帰ろうよ」

最初からそれを狙っていたんじゃないの、とは言わずにおく。テレビゲームにばかり興じていてもおかしくない年齢の弟が、特に目的のない近所の散歩に付き合ってくれるというのだから、途中でアイスくらい買ってあげてもいいだろう。

さっき車で通った道を引き返すようにして歩いた。十月初旬とはいえ東京はまだまだ暑さが残っていたが、やはりこちらは幾分涼しく感じられる。見上げると、枝葉の間には真っ青な空が覗《のぞ》いていて、点々とした鱗雲《うろこぐも》が一面に広がっていた。時おり吹く風に、カツラの木の甘い匂いが混ざる。

車通りの多い道路に出る手前に、数棟の住宅が密集している場所がある。そこを通り過ぎようとすると、ふと声をかけられた。

「あら、夕夏ちゃん？　夕夏ちゃんじゃない？」

振り返り、声の主を確認する。駐車場に停められた車から中年の女性が出てくるところだった。買い物に出かけていたらしく、助手席には白いレジ袋が積んである。

「ああ、小林《こばやし》さん」

よく見知った顔だった。夕夏より二つ年下の息子を持つ母親だ。小学生の頃は子ども同士でよく遊んでいて、夕夏も何度か家に上がらせてもらったことがあった。毎年八月十五日に行われる千曲川の花火大会の日には、近所の小学生を集めて、打ち上げ場所の川沿いまでわざわざ引率してくれていたことを思い出す。

「本当、久しぶりねえ。何年ぶりかしら。おうちに帰ってきてるの？」

「はい。三連休なので」

「今はどこに住んでるの？　お仕事は？」

「東京で、銀行員を」

「あら、東京！　銀行勤めだなんて、優秀ねえ。そういえばうちのトシもね、今年から中学校の教師になったのよ。初任地は安曇野《あずみの》で、ここからだとちょっと遠いから一人暮らし中。残念だわぁ、夕夏ちゃんが帰ってきてるって知ったら会いたがったろうに」

立て板に水の調子で喋る彼女の話を聞くうちに、だんだんと肩の力が抜けていった。

そういえば――と、初めて気づく。

夕夏は、この土地の記憶を、一切失っていない。

ここに住んでいたのは六年前までだ。その後は、正月にも盆にも一切帰ってこなかった。だからこそ、散歩の途中で誰に会い、誰に話しかけられたとしても、自分の記憶を疑問視することなく、普通に接することができる。

過去を思い出そうとして頭が痛くなることも、すれ違う知り合いを無視してはいないかと怯《おび》える必要もない。安心して顔を上げたまま歩ける場所が、こんなところにあったのだ。

――最初から、ここに来ればよかったのかもしれない。

「今日は翼くんとお出かけ？」

「はい。久しぶりに来たので、そのへんを歩いてみようかと」

「他にも知り合いに会えたらいいわね。美晴《みはる》ちゃんとか、祐子《ゆうこ》ちゃんとか。今もそのへんに住んでるから」

「ありがとうございます」

知っている名前ばかり出てくることに安堵《あんど》しながら、夕夏は翼とともにその場を離れた。

少し広い道に出て、千曲川の方面に向かって傾斜のある道路を下り始める。遥《はる》か遠くの山々を眺めながら息を吸い込むと、全身の血が呼び覚まされ、清々《すがすが》しい空気が手足の指先まで行きわたった。

小学校までの徒歩三十分の道のりを、翼に歩調を合わせて進んだ。

学校の前まで来ると、校門は閉まっていた。夕夏が通っていた頃から何も変わらない校舎に、ふと胸をくすぐられる。

そして、ふと思い出す。

ある日を境に、いつも隣にいた彼女が永遠にいなくなったことを。

「あれぇ、おかしいな。開いてると思ったんだけどなぁ」

「いいよ、大丈夫。コンビニに寄って帰ろうか」

「はーい。僕、お小遣い持ってきたから、アイス買うね」

「それくらい買ってあげるよ」

翼はその場で飛び跳ね、無邪気に喜んだ。どのアイスにしようかな、などと可愛らしく迷っている弟を連れて、夕夏は足早に元来た道を戻る。

田んぼの間を抜ける近道。

用水路にかかる小さな橋。

翼にとっては、ただの通学路だ。夕夏にとっても、毎日通っていた昔懐かしい道のはずだった。

しかし、通っていた小学校の校舎を目にしてからというもの、心の中に不穏なものが渦巻き始めていた。

二人でよく駆けっこをした、車がほとんど通らない一本道。

エスカレーターがあればいいのにね、などと話した上り坂。

目の前にそびえたつ山。

そのふもとには、二人の家があって——。

不意に胸が苦しくなり、夕夏は歩を止めた。心臓をペンチで挟まれたような痛みが走り、両手で胸を強く押さえる。

「お姉ちゃん、どうしたの？ 大丈夫？」

翼が驚く声に、しばらく反応することができなかった。前方に立ちはだかる緑色の山が、突然真っ黒に染まり、津波のように迫ってくる錯覚に襲われる。

——やっぱり、ダメだ。

一人でとぼとぼと歩く小学校の帰り道、あの山を見るたびに今と同じ気持ちになったことを思い出す。耐えきれなくなると途中で立ち止まり、顔を覆って泣いたことも。心配した農家のおじさんやおばさんに声をかけられ、泣き止むまでずっと背中をさすってもらったことも。

　ここが、安心して歩ける場所であるはずがなかった。

　忘れてはいけないあの日のことが、今も夕夏を苦しめる。

「ごめんね、行こうか」

　目を丸くしている翼に声をかけ、夕夏は歩き出した。——あの山を見ないように、視線を地面へと向けながら。


　コンビニで買ったアイスを食べながら帰り、夕方まではテレビを眺めて過ごした。晩御飯の後、父が晩酌を始め、母がその話し相手をし、翼が風呂場《ふろば》へと向かう中、夕夏はそっとリビングを離れて外に出た。

　地面に生えた雑草が、サンダルをつっかけた足を撫《な》でる。真っ暗な中に立ち、空を見上げた。

　光る砂粒を、空一面に振りまいたかのようだった。

　都会にしか住んだことのない人たちは、夜空にこれほど多くの星が隠れていることを知らないに違いない。お金を払ってプラネタリウムに行かなくても、家から一歩外に出ただけで、満天の星が夕夏を迎えてくれる。

　星の綺麗《きれい》な夜——夕夏はいつも、双子の妹・星羅のことを考える。

彼女が死んだのは、雨のひどい夜のことだった。

小学四年生の夏休み、親戚《しんせき》のお兄さんが遊びにやってきた。母の従妹《いとこ》の息子、と言っていただろうか。今となっては、顔も名前もよく覚えていない。

大学生だというお兄さんは、どこか遠いところからレンタカーで来ていた。うちに滞在していたのは、一泊か二泊くらい。何かの用事のついでに、親に持たされた土産を持って立ち寄った程度だったのだろう。

夏休みで暇を持て余していた夕夏と星羅は、遊びに連れていってほしいと頼み込んだ。家のすぐ裏にある山のてっぺんには小さなスキー場があり、そのそばにはたくさんの面白い遊具を備えた公園がある。とても歩いては行かれない距離だし、傾斜がきついため自転車を使うこともできないが、お兄さんのレンタカーを使えば遊びに行けると主張した。

——だって、こんなに近いのに、お父さんもお母さんも全然連れていってくれないんだもん。

双子のわがままを、お兄さんは快く受け入れた。申し訳なさそうにしている両親に手を振って、夕夏と星羅はお兄さんの車に乗り込み、山の上の公園へと向かった。

ぐねぐねと曲がりくねる山道を二十分ほど車で上っていき、公園の駐車場で降りる。夏休みだというのに、他に車は一台も停まっていなかった。その日の天気は曇りだったが、夕方から雨が降るという予報が出ていたため、外出を控えた家族が多かったのかもしれない。

前日にも大雨が降ったせいで、地面はまだぬかるんでいた。遊具もところどころ濡《ぬ》れていたが、遊ぶのには支障がなかった。ブランコを漕《こ》ぎながら誰が一番遠くまで靴を飛ばせるか競ったり、数々の遊具を飛び回って鬼ごっこをしたり。二人が次々と考え出すゲームに、お兄さんは根気よく付き合ってくれた。

大学生のお兄さんと一緒に遊べるのが嬉《うれ》しくて、夕夏も星羅もなかなか家に帰ろうとしなかった。ようやく新しいゲームが思い浮かばなくなった頃には、空を覆っていた茜《あかね》色《いろ》の光はすでに消えかけ、夜の闇があたりの空気を侵食し始めていた。

——わ、もうこんな時間。そろそろ帰ろうか。

三人が駐車場へと歩き始めたとき、急激に空が暗くなり、強い雨が降り出した。

ずぶ濡れになりながら、三人は車へと走った。夕夏と星羅は後部座席へと飛び込み、窓を叩《たた》く大雨を眺めた。運転席に座ったお兄さんが、エンジンをかけてワイパーを起動させる。それでも前が見えないくらいの、激しい雨だった。

お兄さんは、慎重に車を動かし始めた。山道には、ガードレールがついているところもあれば、ついていないところもある。地元の人ではないお兄さんは、道を見誤って崖《がけ》に転落しないようにしっかりとブレーキを踏みながら、右へ左へと折れ曲がる下り坂を進んでいった。

雨はひどくなるばかりだった。二十分以上経っても、車はまだ山の中腹を走っていた。

その瞬間は、突然訪れた。

低い地鳴りのような音が聞こえた。お兄さんが大声で何かを叫び、急にハンドルを切る。車が大きく右へと振られると同時に、車の左側が衝撃で波打ち、視界の半分が真っ黒い塊で埋め尽くされた。

車の右側がガードレールにぶつかり、運転席のすぐ後ろに座っていた夕夏は半分意識を失った。頭の中では、自分の身体を覆いかけている黒い塊から必死に逃げようともがき続けていた。

――夕夏ちゃん！　夕夏ちゃん！　つかまって！

気がついたときには、車の外にいた。

全身泥だらけになったお兄さんが、豪雨の中、泣きながら夕夏のことを抱きしめていた。夕夏の身体も泥に染まっていて、さっきまで黒い塊に呑《の》まれていた左脚には感覚がなかった。

雨に打たれながら、首を捻《ひね》って車の姿を探す。

お兄さんのレンタカーは、崩れ落ちた土砂に埋まっていた。お兄さんと夕夏が乗っていた右半分がほんの少し露出しているだけで、その白いボディはほとんど見えない。

――星羅は？　ねえ、星羅は？

後ほど自身も大怪我を負っていたと判明したお兄さんは、車内で意識を失っていた夕夏を必死で救助してくれたのだろう。それなのに、夕夏はお兄さんの肩や腕を何度も何度も叩きながら、星羅の姿が見えないことを問い詰めた。

――星羅も助けてよ！　早く！　車から出して！

車の左半分は無残につぶれていた。自分の左隣に座っていた星羅の姿を思い出した瞬間、夕夏は気持ち悪くなって雨の中に吐いた。

お兄さんに抱きかかえられたまま、喉《のど》を嗄《か》らして星羅の名を叫び続けた。

それから後のことは、よく覚えていない。


星羅は帰らぬ人となった。

親戚のお兄さんとは、それ以来一度も会っていない。

後々、あのときの発言を深く後悔した。お兄さんは、土砂崩れという天災を前に、どんな気持ちで夕夏を車から助け出したことだろう。救った少女に半狂乱で怒りをぶつけられて、いったい何を感じただろう。あんなに長い時間公園での遊びに付き合ってくれていた優しいお兄さんが、星羅を見捨てるような真似をするはずがないのに。

夕夏はまず、自分が救い出してもらったことに対して感謝すべきだったのだ。あのお兄さんが今も罪悪感を抱えて生きているのだとしたら、申し訳ない。

「どうしたの、そんなところで」

後ろで声がした。星を見上げていた夕夏は、はっとして振り返る。

暗い玄関前に、エプロンをつけたままの母が立っていた。

「いや、別に」

「急にいなくなるから心配したのよ。また出ていっちゃったんじゃないかって」

「そんなことはしないよ」

でも、と再び夜空を見上げて続ける。「星を見ると――ちょっとね」

「星羅のこと？」

「そう。星羅、なんて名前つけるから、嫌でも思い出しちゃうよ」

責めるつもりはなかったのに、言葉に棘《とげ》が交じった。夕夏の言葉に、母は無言で俯《うつむ》く。

「夕夏の口から星羅の名前が出るの、久しぶりね」

そうかもしれない。星羅が死んでからというもの、夕夏は頑《かたく》なにその話題を避け続けていた。星羅の写真の前で手を合わせることは多かったし、お墓にもよく一人で足を運んでいたが、両親の前で星羅の話をすることはなかった。たまに思い出話をする両親には、嫌悪感すら抱いていた覚えがある。

「一つ、訊《き》いていいかしら」

「何？」

「……夕夏は、どうしてここを出ていったの？」

母の口から、静かな質問がこぼれた。

両親が分かっていないはずはなかった。星羅を失って以来、夕夏は心を閉ざすようになった。五年生や六年生になっても、中学生になっても、星羅の話題を避け続けた。なぜかとしつこく訊かれると、余計に怒った。そのぎこちない親子関係は高校が終わるまで続き、夕夏はたった一人で家を出た。

「星羅のことを、忘れたかったから？」

「違う」

反射的に否定する。そのくせ、続く言葉はなかなか出てこなかった。明確で具体的な理由は、自分の中にも育っていないのだと思い知らされる。

夜風が顔を撫《な》で、あたりの木々を揺らした。森のざわめきが、夕夏の心を揺さぶり、掻《か》き回す。

「山を見ると、いくらでも思い出しちゃうのがつらかったのかも。ここにいる限り、私の生活って、ずっとあの日と地続きだったから」

翼と散歩したときに、星羅を殺した山を見て呼吸が苦しくなった。星羅のことを忘れたいわけではないが、あの感覚を味わいたくないという思いはあったかもしれない。

だが、それだけではないような気がした。母に見つめられる中、夕夏は自分の心の奥底に眠る感情を引っ張り出そうとする。

「あとは……翼が生まれて、複雑だったのかも。お父さんやお母さんは、星羅の代わりのつもりで新しい子どもを作ったのかなって。空いた穴を埋めようとしたのかな、って。それで、反抗してた」

怒っていたのは事実だった。星羅が死んでから五年近くが経過していたとはいえ、翼の誕生は、両親が星羅の死を完全に乗り越えたことを意味していた。

――まあ、夕夏にとってはよかったのかもしれないわねえ。星羅と夕夏の二人分だったら、もしかすると今ごろ不自由な思いをさせていたかもしれないし。

ただでさえ、母がそんな発言をすることがあった。学校の制服に合わせるセーターや鞄《かばん》など、夕夏に高価なものを買い与えるときに、言い聞かせるように呟《つぶや》くのだ。

夕夏は、それがたまらなく嫌だった。つまり、星羅が生きていたならば、新しい弟が生まれるなどということはありえなかったはずなのだ。

しかし、まだ違和感があった。

やっぱり――これがすべてではない。

夕夏はまた考え込んだ。しばらくして、今日の昼間に家に着いた直後、二階の部屋について母と会話したときに気分が塞《ふさ》いだことを思い出した。

気持ちが整理しきれないままに、粗い言葉が口から飛び出していく。

「星羅の部屋を、ずっと残してあったでしょう。それが、嫌で。今だって、私の部屋は翼にあげたくせに、星羅の部屋はそのまま。あの部屋を片付けたくないってお母さんが何度も言ってたのは知ってるし、星羅のことをものすごく大切に思ってたことも知ってるけど、でも」

ふと記憶が蘇《よみがえ》る。あの事故の直後、この世に残された双子の片割れに、母はこう言った。

神様は、星羅の命を奪う代わりに、夕夏を残してくれたのかもしれないわね——と。

「星羅の代わりに私で、本当によかったのかなって」

「……え？」

「生き残ったのが。だって、星羅は私なんかより、ずっとすごい子だったでしょ。算数の百マス計算も、ピアノも、駆けっこも、全部一番で。お父さんもお母さんも、いつも星羅を褒めてて。私だって、分かってた。星羅のほうが、私よりよっぽど才能があって、もし大人になってたら、私なんかより——」

夕夏は拳《こぶし》を握りしめて地面を見つめた。外は涼しいのに、身体は熱い。全身を貫く感情が、それ以上言葉にならなかった。

残酷だ、と思う。

神様は、全部を持っていかなかった。星羅だけをさらって、夕夏は残した。星羅の代わりに自分が生かされたという言霊が、長く太い縄となって夕夏を縛った。星羅の分までしっかりと歩んでいかなければならないという義務感が、鉛の塊となって肩にのしかかった。

星羅は算数が得意だった。ピアノがよく弾けた。毎年リレーの選手だった。そういう両親の思い出話の一つ一つが、夕夏の心に引っかき傷をつけた。

「私でごめんなさい、って」

自分でも気づいていなかった思いが、一滴の涙となってぽとりと落ちる。

母は、しばらく何も答えなかった。濡《ぬ》れた頬に夜風が当たって冷たくなってきた頃、温かい腕が夕夏の背中へと回される。

「そんなふうに思ってたの？」

バカね、と母は呟いた。普段乱雑な言葉は使わない母の口から飛び出た直接的な台詞《せりふ》に、夕夏は思わず顔を上げる。

「……小学校の教科でいうと、国語、図工、家庭科。あとはそうね、将棋やオセロみたいなボードゲーム。これ、何だと思う？」

脈絡のない単語の羅列に、夕夏は母の顔を見つめたまま目を瞬いた。温かいまなざしが注がれ、まるで小学生に戻ったような錯覚に襲われる。

「全部、夕夏の得意分野よ」

「……え？」

「あの負けず嫌いの星羅が、夕夏にどうひっくり返っても勝てなかったこと」

母が寂しそうに微笑んだ。さっきの夕夏と同じように空を見上げ、夜空に輝く星を見つめる。しばらくしてから、目の前の夕夏へと視線を戻した。

「例えば、本を読む速さや量。そのことで育つ感性や語彙《ごい》力」

母は片手を上げて、親指を折った。

「それから、折り紙や工作、絵の上手さ。料理の手伝いだってよくしてくれたし、学校で習う前から裁縫に興味を持って、お父さんのシャツのボタン付けをしてくれたことだってあった。じっくり考えて答えを出したほうが有利な将棋やオセロも、夕夏が連戦連勝。夕夏の前では強がってたけど、星羅、悔しくて泣いてたこともあったのよ」

「嘘」

「夕夏にも星羅にも、すごいところが同じくらいたくさんあったってこと」

「でも」夕夏は言葉に詰まり、胸元を押さえる。「だって、お母さんもお父さんも、学校のみんなも、いつも私より星羅を――」

「それは、星羅がアピール上手だったからよ。算数、音楽、体育の三科目には、星羅は絶対的な自信があった。クラスで一番を取ったりすると、必ずそのことをいろんな人に話した。だからよく目立つし、褒められることも多かった」

　夕夏はその逆ね、と母は目に憂いの色を漂わせながら呟いた。

「そんな星羅とずっと一緒にいたからかな。夕夏は、人の良いところによく気がつく子になった。星羅と違って自己主張も自己評価も控えめで、常に一歩引いている感じ。星羅の自慢に対抗することなく、私たちと一緒になって褒める側に回ってた」

　確かに、夕夏はよく星羅のことを称賛していた。星羅が一番になるたびに、手を叩《たた》いて喜び、彼女を尊敬した。ライバル心を燃やすことはなかった。自分が星羅に張り合えるものなど、何一つないと思い込んでいた。

「親としては、もっと二人を平等に扱うべきだったんでしょうね。星羅が何かを自慢してきたら、そばにいる夕夏の長所も一つ挙げて、二人を同時に褒める。無理やりにでもそうすればよかったのよ。もしそうしてたら、こうやって——こうやって夕夏を傷つけることなんてなかったのに」

「……お母さん？」

「夕夏も星羅も、いいところがいっぱいあったのよ。どっちがどっちより優れている、なんてことはなかった。私とお父さんにとって、二人は自慢の娘だった。でも、そのことを伝えられてなかったのね。それじゃ、親失格だわ」

「そんな」

「謝るのはこっちのほう。本当に、ごめんなさい」

母が夕夏から離れ、頭を下げる。その前髪が夜風になびいた。その姿勢のまま、母は声を震わせて続ける。

「きちんと心のフォローもせずに、生き残った夕夏にすべてを背負わせるような真似をして。新しく弟が生まれることも、夕夏を子ども扱いして何も相談しなくて。夕夏がここを出ていって、連絡もほとんど取れなくなるまで、あなたがどんなに苦しんでいたかってことに全然気づけなくて」

「もういいよ、いいから」

「いつかもう一度夕夏に会えたなら、こうやって二人で話したいってずっと思ってたのよ。それなのに、夕夏が脳腫瘍《のうしゅよう》で倒れたって警察から電話がかかってきて。今度は夕夏までいなくなったらどうしようかと――」

母は嗚咽《おえつ》を漏らし、両手で顔を覆った。今度は夕夏が母のそばに寄り、その背中を恐る恐る撫《な》でる。

謝るのは自分のほうだ、と思う。

この六年間、家を出て戻ってこない娘のことで、母はどれだけ心を悩ませたことだろう。もともと心配性で、思ったことがすぐ口に出てしまう母にとって、六年間も思いを内に秘めているのは大変な苦痛だったに違いない。

それなのに夕夏は、職場に登録した緊急連絡先の電話番号を一文字変えるような真似をしていた。

一方的に心を閉ざしていた自分のことが、急に恥ずかしくなる。

だんだんと落ち着きを取り戻しつつある母の背中をさすりながら、夕夏はまた空を見上げた。その瞬間、夜空を横切る小さな光が目に入る。願い事を念じる間もなく、流れ星は見えなくなった。

「お母さん」

「……ん？」

「さっき、私がここを出ていったのは星羅のことを忘れたかったからか、って訊《き》いてきたでしょう」

「うん」

「あれはひどいよ」

夕夏がぽつりと呟《つぶや》くと、母は「ごめん」とバツが悪そうに俯《うつむ》いた。

双子だったからだろうか——と、考える。

星羅がいなくなったことは、自分の身体の一部を奪われたかのような痛みを伴った。

腕を切られたとか、脚を切られたとか、そういう類《たぐ》いの痛みだ。

ヴァイオリニストが、悪魔に片脚を持っていかれたように。

夕夏も、腕や脚よりずっと大切なものを永遠に失った。

「だからこそ、頑張れるのかもしれない」

「え？」

「どんなことがあっても、私は生きていようって思えるから」

犠牲を払った代わりに、命をもらった。〝悪魔〟こそ介在していないが、あの土砂崩れの事故だって同じだ。

「……嬉《うれ》しいよ。夕夏の口から、そういう言葉を聞けて」

母は顔をくしゃくしゃにして笑った。手が伸びてきて、夕夏の頭をぽんぽんと優しく叩く。二十五にもなって頭を撫でられるのは気恥ずかしかったが、夕夏はされるがままになっていた。

「そろそろ中に入りましょうか。ずっと放っておくと、お父さんがいじけるから」

「そうだね」

「最後に一つだけ、いい？」

「何？」

「もしあの日にいなくなったのが夕夏だったら、夕焼け空を見るたびに、胸を締めつけられていたのかもしれないね」

母は玄関へと身を翻しながら囁《ささや》いた。

「……でも、いい名前だと思ったからつけたのよ。夕夏も、星羅も」


その夜、夕夏は母と翼と三人で、二階の部屋の片づけをした。

もともと星羅の部屋だったフローリングの六畳間には、夕夏の私物と星羅の遺品が詰め込まれていた。二人で使った鉛筆削りや、交互に落書きしていた自由帳。次々と出てきた懐かしい物品は、一部は段ボール箱に、一部はゴミ袋に、そして一部は翼の部屋へと仕分けられていった。

部屋の隅にある箪笥《たんす》の上には、仏壇代わりに星羅の写真がいくつも飾られていた。十歳の星羅に見守られる中、許してね、と心の中で何度も呟きながら、彼女の私物を整理していく。

「お姉ちゃん、ごめんね。せっかく帰ってきたのに、僕が部屋を取っちゃって。星羅お姉ちゃんの部屋より日当たりがよくて、綺麗《きれい》に片付いてたから、こっちがいいって僕がお願いしたの」

「そういえば、片付け上手なのも夕夏だったわねえ」

翼や母が、口々に声をかけてくる。夕夏は「はいはい」と二人の言葉を受け流しながら、丁寧に部屋の片づけを進めた。

母は吹っ切れた顔をしていた。星羅の遺品を眺め、たまにスマートフォンで写真を撮りながら、迷いなく段ボール箱やゴミ袋に入れていく。

「あとは、また明日ね」

翼が眠そうに目をこすり始めたのを見て、母が終了の合図をした。時刻は夜の十時を回っていた。

風呂《ふろ》に入り、髪を乾かしてから、夕夏も和室へと引っ込む。まもなく両親も寝室へと上がっていって、一階は夕夏一人になった。

布団にごろりと寝転がり、天井についている四角い照明器具を見上げる。そのまま、東京の家のことを考えた。

水上俊介は、今日もアパートの前で立っているのではないだろうか。

長野まではさすがについてこないんだな、と考える。なぜだか少し寂しくなり、夕夏は顎《あご》の上まで布団を引っ張り上げた。

彼が何者なのかはさっぱり分からない。しかし、東京から遠く離れても、彼の姿がまぶたの裏から消えなかった。——遠ざけようとしても、どうしても。

水上に近づくのは、危ないかもしれない。またおかしな『取引』を持ちかけられるかもしれないし、もっと多くの記憶を消されるかもしれない。正体不明の自称〝悪魔〟よりは、身元も確かで友人も多く、話も面白い職場の同僚のほうがよっぽどいいに決まっている。

頭では分かっていた。それでも、夕夏は考えるのをやめられなかった。

布団から起き上がり、枕元に放り出してあったスマートフォンを手に取る。菊池克樹の連絡先を選択し、電話をかけた。

『うわ、びっくりした。突然どうしたの？』

菊池はすぐに電話に出た。その声の背後には何も聞こえなかった。どうやら家にいるようだった。

『今、長野にいるんだよね。実家からかけてるの？』

「うん。ちょっと、話したいことがあって」

『何？』

心なしか、菊池の声が不安げにしぼむ。しばらくの沈黙の後、夕夏は「ごめんね」と前置きしてから尋ねた。

「菊池くん、私の彼氏だったたって、教えてくれたでしょう」

『うん』

「そのことがね――やっぱり、今の私には受け入れられなくて」

声がかすれる。あれだけデートで楽しませてくれた同僚に、ひどいことを言っているという自覚はあった。

菊池の返事はなかった。空っぽになった一階の静寂が、夕夏の耳のすぐそばまで迫る。

『そっか。そうだよな』

耐え難いほどの間を経て、菊池が呟いたのはたったそれだけだった。

「こんなこと言って、本当にごめん。でも、何も覚えてなくて。自分の気持ちも、好きになったところも、二人の想い出も、全部」

菊池という職場の同期には、感謝している。職場での苦しい日々を和らげてくれたのは間違いなく彼だった。何の不満もないどころか、自分にはもったいないくらいの男だ。

しかし、何かが違うという思いが拭《ぬぐ》えなかった。

記憶を失う前の夕夏が菊池のことを愛していたのだとしたら、記憶喪失の前後で、夕夏の性格は変わってしまったのかもしれない。菊池はそのことに危機感を覚えて、以前より心が離れている夕夏に、必死でアプローチをかけてきたのかもしれない。もしそうだとしたら、本当に申し訳ない。

記憶を失う前の自分を、夕夏は知らない。菊池が決して悪い人でないことは分かっているが、そのまま流される覚悟はつかなかった。

水上俊介が奪った『最も大切なもの』とは、恋人に関する記憶なのかと思っていた。でも、そうとは限らないかもしれない。宝くじが当たったとか、仕事で大成功をしたとか、仲が良い友達ができたとか、全然別のことだったのかもしれない。

「ごめんね」

と、電話口で繰り返す。

『いや、こっちこそ……ごめん』

「また連休明けに、職場でね」

『うん。おやすみ』

簡単な会話を交わし、電話を切る。

布団の上に座り込んだまま、夕夏はしばらくスマートフォンの画面に目を落としていた。天井の白い灯《あか》りが映り込む画面を、指でそっと撫《な》でる。

――君は、失くした想い出に、もっと自信を持つべきだよ。

水上はそう言っていた。今は、その言葉を信じてみるしかなかった。

*

ロッカーを開けて窓口用の制服に着替えていると、「おはよう」という潑剌《はつらつ》とした声とともに、後藤聡子が女子更衣室へと入ってきた。

「あ、後藤代理。おはようございます」

何気なく挨拶《あいさつ》を返したつもりだったが、後藤はふと足を止めた。まじまじと夕夏の顔を正面から見つめ、顔を近づけてくる。パンくずでもついているのかと慌てて口元に手をやると、後藤はふふんと満足げに鼻を鳴らした。

「河野さん、さては三連休にいいことでもあった？」

「え？」

「今日は死んだ顔してないね」

茶目っ気たっぷりにウインクをして、後藤が隣のロッカーを開け始める。夕夏はしばらくぽかんとして、制服のベストに片腕を引っかけたまま立ち尽くした。

「あの……私、そんなふうに見えてたんですか」

「うん。顔に血が通ってないというか、今日も無理やり身体を引きずって出勤してきたんだろうな、というか」

後藤の観察眼に舌を巻く。記憶喪失による不安や恐怖を覚えることは仕事中にも多々あったが、一日の中で最も苦しい時間は朝だった。これから仕事に行かなければならないということ自体がプレッシャーになり、朝食のトーストが喉《のど》に詰まる。家から職場まで歩く途中に、何度も足が止まりそうになる。復帰以来ずっとそんな日々を繰り返していたのが、三連休明けの今日は初めて、晴れやかな気持ちのまま出勤することができたのだった。

昨日まで長野の澄んだ空気を吸っていたから、だろうか。

「河野さん、アイシャドウ変えました？」

今度は後ろから話しかけられた。ロッカーの扉の裏についている鏡越しに、派手なメイクをした持木絵里花と目が合う。

「あ、うん。昨日、東京駅構内のお店をうろついてたら、気に入ったのがあって」

「ブラウン系、似合いますねぇ。さりげなくゴールドのラメが入ってるのもいいです」

「ありがとう」

ほんの少し恥ずかしくなり、急いでベストのボタンを留めた。持木の隣で、馬場美南も微笑みながらこちらを見ていた。

八時半に営業室へと下りてタイムカードを押し、いつものように開店準備を始めた。復帰から一か月が経ち、ようやく何も考えずにルーティンワークをこなせるようになっていた。時には課長代理の小寺正文に文句を言われ、記憶違いを恐れて接客の手が止まってしまうこともあるが、業務中のミスの回数はだんだんと減ってきている。

「河野さんさぁ」

「はい」

窓口に立てる外貨建て保険のパンフレットを整えていると、後ろからねちねちとした声で呼び止められた。

「復帰して間もないとはいえ、先月のノルマ、達成率が低すぎだよ」

「……すみません」

「今月からはちゃんとしてもらわないと。三年目の行員がろくに契約も取れないようじゃ、本部からどんなお達しが下るか分からないよ。渉外係で山奥の区域担当なんてことになったら、もう何があっても這《は》い上がれないから。そういう人、同期でも何人か知ってるけど、本当に悲惨だからさ」

小寺が部下に言いがかりをつけるのは、もはや趣味のようなものらしかった。ミスを減らせば、今度はノルマの件で詰められる。ノルマをクリアすれば、おそらく次は接客態度や残業時間に目をつけられ、重箱の隅をつつくような小言を浴びせられる。

まともに取り合ってはいけない、ということを夕夏はすでに学んでいた。だが、日に日に精神はすり減っていく。苛立《いらだ》ちをぐっとこらえ、小寺に愛想笑いを送ってから開店準備を続行した。

「おはようございます。いらっしゃいませ」

九時を迎え、支店長を含む全行員が一斉に、自動ドアから入ってきたお客様へ挨拶をする。

その中に見覚えのある顔を見つけ、夕夏も周りのパート行員も身体をこわばらせた。先々週も現れた、木下昇という名のモンスタークレーマーが、険しい顔をしてロビー担当から整理券を受け取っている。

無言のうちに、仕事の押し付け合いが始まった。パート行員が心なしか窓口から遠ざかり、後方事務と一緒になってどうでもいい書類の整理を始める。持木絵里花が不安げにこちらを見ているのに気づき、夕夏はそっとため息をついて自分の持ち場についた。

いざというときには助けを呼ぼうと決めて後ろを振り返ると、暇そうにしている小寺があからさまに目を逸《そ》らした。頼みの綱の後藤は、営業会議の準備に追われているのか、課長の掛川と顔を寄せ合って話し込んでいる。

小寺の態度に胸をむかつかせながら、夕夏は番号札の呼び出しボタンを押した。アナウンス音が鳴り、番号が表示される。しかし、ソファに座っている木下は反応しない。耳が遠いのかもしれなかった。

「一番の番号札をお持ちのお客様」

木下に向かって呼びかけ、それでも反応しないためもう一度声を張り上げる。そこでようやく木下が振り返り、重い腰を上げて窓口へとやってきた。ウエストポーチから取り出した通帳と印鑑ケースを無造作に投げ出し、「引き出し。二百万」とだみ声で命令する。

夕夏は思わず木下の顔を見つめた。

「現金二百万円のお引き出しをご希望ですか」

「ああ、そうだよ。早くしてくれ」

「恐れ入りますが、身分証明書をご提示いただけますでしょうか」

「なんでだよ。俺の口座から金を引き出すだけだぞ。通帳と印鑑だけで普通はできるだろうが」

「金額が大きいので、ご確認させていただく必要がございまして」

それと、木下昇が高齢者であることも問題だ。通帳を端末に読み込ませると、八十歳という年齢がモニターに表示された。振り込め詐欺などの特殊詐欺防止の観点から、本人とのやりとりだけでは現金を渡すことができず、家族や取引相手に電話で確認を取るか、最悪の場合は警察を呼ぶことになる。

しかし、木下は応じようとしなかった。眉間《みけん》にしわを寄せ、「老人だからってバカにしてるのか！」と突然大声で叫ぶ。

「老いぼれだと思いやがって。俺はボケてねえし、詐欺にも引っかかってねえぞ」

「では、二百万円のご利用用途をお教えいただけますか」

「ああ？　そんなこと説明する必要なんてねえだろ。ふざけてんのか」

なるべく物腰柔らかく尋ねたつもりだったが、木下昇は余計に気色ばんだ。ソファで順番待ちをしている他の客が、夕夏に向かって怒鳴り散らす老人を怯《おび》えたように眺めている。

「申し訳ございませんが、お聞かせいただけないようですと、今回のお取引はお受けできません」

「法事だよ、法事。死んだかみさんの三回忌がもうすぐなんだ。寺へのお布施やら、食事の会場代やら、出席者への返礼品やら、俺がやってた会社の人間も大勢来るから支払いがかさむんだよ。これでいいだろ」

「一緒にご準備をされているお子様などはいらっしゃいますか。念のため、お電話で確認させてください」

「息子に電話したって、何も知りやしねえよ。会社を譲ったってのに、ちっとも連絡してこねえんだから」

声を荒らげていた木下が、急に気勢を削《そ》がれたように口をもごもごとさせた。

あれ、と夕夏は木下の顔を見やる。しわの刻まれた顔には、どこか哀愁が漂っていた。

亡くなった妻の法事。一人息子との不仲。

もしかすると――。

「すみません、あの」

業務から逸脱しているとは分かっているが、質問したい気持ちが抑えきれなかった。

「奥さん、いつ亡くなられたんですか」

木下昇はぎょろりと目を剝《む》いて、夕夏を真正面から睨《にら》んだ。

「三回忌だって言ったろ。だからちょうど二年前だ。そもそも、姉ちゃんじゃなかったか？　ここで契約したかみさんの死亡保険がなかなか下りなかったとき、俺がさんざん問い詰めた相手は」

「死亡保険、ですか」――頭痛の気配をぐっとこらえる。二年以内の出来事は、まったく覚えていない。

「すぐに保険金が支払われると思ったのによ。保険に入ったときにはすでにがんが発覚してたんじゃないかって疑われて、二か月も待たされたんだ。胆囊《たんのう》がんなんて、簡単に見つかるもんじゃねえのに。死ぬ一年前に見つかったときは、もうステージⅣ《フォー》だったん

ない。

病気が見つかったことを隠して契約し、一定期間内に死亡した場合、保険金は支払われだ」

加入時に告知義務違反がなかったかどうか、保険会社による調査が入ったのだろう。

「保険金は下りましたか」

「ああ、最終的にはな。それにしたって、ふざけた話だよ。俺やかみさんが、そんなずるい真似をするわけねえだろ。保険会社を騙《だま》してまで金が欲しいとは思ってないさ」

木下昇がここに現れるようになったのは二年くらい前からだと、パートの林律子は言っていた。ちょうど、彼の妻が亡くなった頃だ。妻が契約した死亡保険の給付金がなかなか下りず、保険の契約をしたこの支店に怒りを爆発させに来たのが最初だったのではないだろうか。

——このおじいさんは、孤独なのだ。

きっと、寂しいのだろう。

朝から晩まで、たった一人でテレビを見ながら一日を過ごしている。仕事もなく、家族もいない。次第に家にこもっているのが息苦しくなり、何かと理由をつけてすぐ近所の銀行へとやってくる。文句を言いたいわけではないのに、やりきれなさがあふれて、嚙《か》みつくような物言いをしてしまう。

大切な存在を亡くし、この世に残された人間は、行き場のない思いをどうにかして昇華させなければならないのだ。

自分と母が、星羅の死から十五年以上経って、ようやく彼女の部屋を片付けたように。

「寂しいですよね。いい奥さんだったでしょうに」

思わず、ぽつりと呟《つぶや》いた。すると木下昇が恥ずかしそうに顔を歪《ゆが》め、「いやいや」と首を横に振る。

「いい奥さんなんかじゃねえよ。飯はまずいし、そそっかしいし、ボタン付けは下手くそだし――」

ああでこうで、こういう欠点もあって、と木下昇は饒舌《じょうぜつ》になる。しかし、気がつけば彼の口調はすっかり落ち着いていて、いかつい造形の顔には緩やかな笑みさえ浮かんでいた。こちらに注目していた順番待ち中の客も、だんだんと木下に興味を失い、スマートフォンや手元の本へと視線を戻し始める。

――やっぱりこの人は、クレームをつけに来たわけではなかったのだ。

心をずっと閉ざしていた夕夏と同じだ。愛する人を失った、その苦しみの表現方法が、周りから理解してもらえなかっただけ。

夕夏はひたすら相槌《あいづち》を打ち続けた。しまいには、木下昇は素直に身分証明書を取り出し、疎遠になっている息子への電話確認にも同意した。夕夏がすべての手続きを終え、二百万円をカウンターに置くと、彼は現金を封筒に入れながらほっとしたように呟いた。

「あんた、珍しい感じの銀行員だな」

慎重にウエストポーチのファスナーを閉め、「ありがとう」とカウンターに手をつく。それから、「姉ちゃんの上司を呼んでくれ」と営業室の奥へと顎《あご》を向けた。

「え、上司ですか」

「そうだ。できれば直属の」

木下にも納得してもらい、適切に処理したはずなのに、何を言うつもりなのだろう。若干不安を覚えながら、課長代理の机に近寄り、小寺に声をかける。

「なんだ。あれだけ時間をかけておいて、結局役席頼みか」

夕夏を後で存分に叱る口実ができたと思ったのか、小寺は半ば上機嫌で席を立った。いそいそとハイカウンターに近寄り、「いかがなさいましたか」と木下昇に猫なで声で話しかける。

「ああ、さっき対応してくれた、河野って言ったかな、あの行員さんなんだけど」

「はい。河野が何かご迷惑を？」

「いや、全然。それどころか、本当に立派だ。若いのに、よくできた姉ちゃんだよ。直属の上司ってことだから当然分かってるんだろうが、しっかり評価してやってくれ」

「はあ」

小寺は呆気《あっけ》に取られ、口を開けていた。木下は身を翻し、小寺の後ろに控えている夕夏に向かって「じゃ」と片手を上げる。それから、来たときと同じように、ゆっくりと自動ドアを出ていった。

いったん書類を整理するために後ろに下がると、ちょうど席に戻ってきていた後藤聡子が駆けつけてきた。

「河野さん、すごいよ。あの木下さんを懐柔するなんて」

「でも、一時間半もかかっちゃいましたし」

「それくらい何でもないよ。あのお客様のうちとの取引額、知ってるでしょう。これで、きっと今ある取引も全部継続してくれる」

木下昇との攻防を、たまたま営業室にいた支店長の上永正義も見ていたらしい。すれ違い際に「さすがだね」と直接声をかけられ、夕夏は内心舞い上がった。

小寺だけが、苦虫を嚙みつぶしたような顔をしていた。いつになくすっきりとした気分で、夕夏はまた次の番号を呼び出し、ハイカウンターの業務を続行した。


定時を少し過ぎた頃、夕夏は営業事務係の誰よりも早くタイムカードを押した。パートのおばさんに目を丸くされながら更衣室を飛び出し、夕暮れの三鷹の街を歩きだす。

自宅までの徒歩十五分が、ずいぶんと長く感じた。家が近くなるにつれて、次第に鼓動が速くなり始める。住宅街の角を曲がり、アパートへと通じる砂利道に入ると、思わず駆け足になった。

しかし――彼はいなかった。

失意に暮れながら、夕夏は電信柱のそばを通り過ぎた。アパートの外階段を上り、部屋へと入る。コンビニで夕飯のおかずを買ってくるのを忘れたことに気がついて、長袖《ながそで》Tシャツにジーンズという簡素な服装に着替えてから再び外に出た。コンビニの袋を片手に提げ、もう一度、淡い期待を抱きながら帰る。だがやはり、あの美青年の姿はどこにもなかった。

しばらく会っていなかったから、今日は絶対にいるだろう。そんな根拠のない自信は、見事に打ち砕かれた。

——待ちくたびれたのかな。

三連休の間、何も告げずに長野に帰った。彼はいつものようにここに来て、夕夏が現れるのを待っていたかもしれない。夕夏がまったく姿を見せないことに、へそを曲げてしまったのかもしれない。

もしくは、もうアフターフォローは終わりなのだろうか。

集中治療室のベッド脇に彼が初めて現れた日から、一か月半が経った。毎週の診察では異常はなく、二年間の記憶はなくなったままだ。実行した『取引』の効果が安定していると判断するには、十分な時が流れたともいえる。

「バカみたい」

狭いキッチンで一人、炊飯器から白米をよそいながら呟いた。

本当に、バカみたいだ。——得体の知れない青年に、知らず知らず心惹《こころひ》かれている自分が。

たぶん、彼は夕夏と同じ人間で、血の通う肉体が現実に存在している。ユニクロか無印良品で買ったような黒いシャツとパンツを穿《は》いていて、住んでいる家も近くにある。雨に濡《ぬ》れれば凍えるし、アパートの前で待ちぼうけになる日もある。だけど、深夜の集中治療室に何の前触れもなく現れたり、二年間の記憶と引き換えに悪性脳腫瘍《のうしゅよう》を良性脳腫瘍に変えたりする、不思議としか言いようがない力を持っている。

いったい、何者なのだろう。

幾度となく考えた問いが、寂しい夕飯を食べ終えた夕夏の頭の中をぐるぐると回り続けた。

昨日東京駅構内の本屋で買った小説を読みながら、寝るまでの時間を過ごした。内容は面白いのに、なかなか集中が続かず、時たま立ち上がってはカーテンの隙間から外を覗《のぞ》く。そうして、街灯の下に背の高い人影がないことを確認し、ため息をつきながらベッドの上へと戻る。

気がつくと、二十三時を回っていた。結局読み終わらなかった本を本棚に置き、両手の指を組み合わせて大きく伸びをする。これで最後にしようと決めてカーテンへと近づき、人差し指の先でそっと開いた。

「あっ」

思わず声が漏れた。カーテンから光が漏れたことに気がついたのか、街灯の下に佇《たたず》んでいる黒い人影がこちらを見上げる。

慌ててカーテンを閉め、部屋を飛び出した。夏からずっと置いてあるサンダルをつっかけ、玄関のドアを開けてコンクリートの階段を駆け下りる。息を切らしながら前に立つと、水上俊介は色素の薄い目を丸くした。

「ごめんなさい！　私、昨日まで長野に行ってて」

夕夏のほうから口を開く。水上は啞然《あぜん》とした顔をしていたが、やがてにっこりといつものように微笑んだ。

「長野というと、実家だね」

「知ってるの？」

「まあ、君のことなら大抵」

相変わらず、つかみどころがない。「奪った記憶の中に情報が入ってたとか？」と尋ねると、「そうかもね」という気のない相槌が返ってきた。

水上はほんの少し長い髪を搔《か》き上げ、安心したように細く息を吐いた。前回彼がアフターフォローに来てからそれほど時間が経ったわけではないのに、その一つ一つの仕草がどこか懐かしく感じられる。

先週、彼は今日と同じ火曜日にやってきた。例によって病気の回復状況や日常生活についてひととおり質問した後、「おやすみ」と短く言葉を残して消えていった。その日に返却されたレモン色の傘は、店で売っていたときのように丁寧に畳まれていた。

「水上さんって……人間、なんだよね」

「そうだよ」

「悪魔とか幽霊とか、そういうものではない？」

「うん、違う」

「なら――散歩、しない？」

「散歩？　僕と？」

水上は自分の顔を指差し、目を大きく見開いた。いつも飄々《ひょうひょう》としている彼が珍しく口ごもり、「い、いいよ」という不明瞭《めいりょう》な答えが返ってくる。

「じゃあ、そのへんの公園まで」

二人は夜道を歩き出した。砂利道を出て、住宅街を抜け、その先にある小さな公園を目指した。このあたりの地理にはさほど詳しくないのか、水上は夕夏の一歩後ろをついてくる。

白い街灯の下を通り過ぎるたびに、二人の影が道路に映った。それを見て「やっぱり人間なんだ」と呟《つぶや》くと、「だからそう言ってるのに」と水上がやや口を尖《とが》らせた。

誰もいない深夜の公園に辿《たど》りつき、古びた木のベンチに腰を下ろす。滑り台と鉄棒、それから砂場。申し訳程度の遊具しか備えつけられていない地域の公園に、風のざわめきが染みわたる。

「なんだか、今日はいつもと雰囲気が違うね。前より元気になってるみたいだ」

水上が澄んだ瞳《ひとみ》で夕夏を覗き込む。夕夏は少しドギマギして、水上から目を逸《そ》らした。

「このアフターフォローって、いつまで続ける予定なの？」

そう尋ねると、水上は「うーん」と困った声を出した。

「考え中。どれくらいの時間で終わりにするかっていう明確な基準はないんだ」

「人によって違うの」

「……人によって？」

「今まで、たくさん『取引』をしてきたんでしょう。私のほかにも」

ああ、そういうことか――と水上はゆっくり頷《うなず》く。

「それは、企業秘密ってことで」

また、そうやってはぐらかす。この調子では、いつまでも水上の正体を暴けそうになかった。

「どうして僕を誘ったの。こんな夜中に」

次の質問を考えていると、水上に先を越されてしまった。なんとも答えづらい質問に、夕夏は下唇を噛《か》む。

「僕だって男だからね。同僚の男性との仲が進展してるなら、こういうふうに別の男と深夜に出歩くのはまずいんじゃないか」

心なしか、水上の口調には棘《とげ》が交っていた。気のせいかもしれないが、夕夏を非難しているというよりは、『同僚の男性』を敵視しているかのように聞こえる。

「それは……いつも家の前で立ち話ばかりだから、悪いかなと思って」

「君に好意を寄せている彼には、もっと悪いだろ」

「菊池くんのことは、いったん考えるのをやめたの」

強い口調で言ってしまってから、「あ、菊池くんって——名前、知ってたよね」としどろもどろに付け加える。

「失くした想い出には自信を持つべきだ、って水上さんが言ったでしょう。私に恋人がいたのかどうかも、その恋人が菊池くんだったのかも、本当のことは全然分からない。だったら、今の私の直感で判断するしかないから」

「あの言葉、きちんと受け止めてくれたんだね」

水上はなぜだか安心したような顔をした。「それでいいと思うよ」と呟き、ベンチの背に上半身を預ける。

時おり、夕夏の肩が彼の二の腕に触れた。黒いシャツ越しに感じられる肌は温かく、彼の吐息はふんわりと柔らかかった。よく見ると、彼が両手にはめている白い手袋には、ところどころに薄いシミがついている。風が吹くたびに、爽《さわ》やかな柔軟剤の香りが彼の服からかすかに漂った。

当初水上に対して抱いていた、この世の物とは思えないような印象は、夕夏の中でだんだんと薄らいでいた。

悪魔でも、天使でも、幽霊でも、想像もつかないような不思議な存在でもない。

こうやって隣同士で座っていると、普通の男性と話しているようにしか感じられなかった。

「そろそろ、教えてくれてもいいのに」

「何を？」

「どうして私の記憶を消したのか」

幾度も繰り返してきた質問を口にすると、水上は気まずそうに沈黙する。

「重病にかかった人を一人残らず助けているわけではないんでしょう」

「それはそうだね」

「どうして、私の命を助けようと思ったの」

「そうしなければならなかったから」

意外にも、水上が即答する。彼の顔には、固い決意の色が表れていた。「私がまだ若かったから？」とさらに問いかけてみたが、「想像はご自由に」とだけ返される。

「いつ、私のことを知ったの」

「……というと？」

「水上さんが突然現れて『取引』を持ちかけてきたとき、初めて見る人だなって思った記憶は残ってる。だから、あの深夜の病室で出会うまで、私は水上さんのことを知らなかったんだと思う。でも、水上さんのほうは、少なくとも私のことを事前に知っていたわけでしょう」

「河野夕夏という名前の女性が悪性脳腫瘍《のうしゅよう》で死ぬかもしれないという情報を、僕がどうやって手に入れたのかってこと？」

「そう」

うーん、とまた水上が腕組みをして考え込む。公園にぽつんと立つ街灯に照らされたその顔には、そこはかとない苦悩が浮かんでいた。

「少し、前からだよ」

「少し前？」

「君が倒れて病院に運ばれる前から、僕は君のことを知ってた」

「どうして？　私が病気にかかっていることが分かってたの」

「そういうわけじゃない。けど――」

水上はまた口をつぐむ。彼の眉間《みけん》に寄ったしわが、どんどん深くなっていく。

「なんでそんなに苦しそうな顔をするの」

「君に対してこういうことをしている自分が嫌だから」

「はぐらかしていること？」

「うん」

「だったら、秘密主義はやめればいいのに」

「やめられるものなら、すぐにでもやめたいさ」

話は平行線を辿る。埒《らち》が明かず、夕夏はそっと息をついて空を見上げた。

東京の空には、星が少なかった。

流れ星を探していると、水上が一緒になって夜空を仰ぐ。

「実家で見る星空と比べると、物足りないんじゃないか」

「うん。全然違う」

そう答え、夕夏は水上の横顔にちらりと目をやった。

「水上さんは、長野には行ったことある？」

「あるよ」

「どのあたり？」

「どこだったかな。北のほう、かも」

「長野市とか？」

「そのへんかな。見たことないくらい、星が綺麗《きれい》だった」

夕夏の地元である千曲市は、長野市から車で三十分程度のところにある。水上がいつ長野を訪れたのかは知らないが、この連休中に夕夏が見たのとほぼ変わらない星空を見たはずだ。

この不思議な青年も遠出をすることがあるのか、と考えると少し可笑《おか》しくなる。移動手段は何だろう。車だろうか。新幹線だろうか。それとも、乗り物なんて使わなくても、ひょいと瞬間移動することができるのだろうか。あの日、医者や看護師に感知されることもなく、夕夏の病室に突然現れたように。

不意に、水上俊介がポケットからスマートフォンを取り出した。画面をつけて時刻を確認し、「さ、もう夜遅いから」と立ち上がる。

この人も普通にスマートフォンを持っているのか、と意外に感じる。夕夏が驚いて彼の手元を見つめていると、水上が画面に目を落とし、はにかむように笑った。

「連絡先、もらえる？」

「え？」

「毎回アパートの前で待ち伏せするのは、効率が悪いから」

──なんだ、普通の男性じゃないか。

そんなことを思いながら、電話番号を教えあった。番号を伝える声が、わずかに上ずった。

水上俊介は、アパートの前まで夕夏を送り届けてから、「じゃあ」と片手を上げて去っていった。

彼は今まで見た中で一番和らいだ表情をしていた。小さく手を振って、夕夏も家の中へと入る。

暗い玄関に、しばらく佇《たたず》む。水上の電話番号を登録したばかりのスマートフォンを、夕夏は両手でぎゅっと握りしめた。

第三章
天使が生まれた日

あれだけ地上を焼いていた日差しが、今は影を潜めている。空にたなびく雲から時おり顔を覗《のぞ》かせ、穏やかな光を振りまく太陽を、病院の正面玄関から出た夕夏ははるかに仰いだ。

十月も下旬になり、夕夏の平凡な日常を奪った夏はすっかり過ぎ去っていた。スーツの上着の袖口《そでぐち》から、ひんやりとする風が舞い込む。

「河野さん」

後ろから声をかけられる。振り向くと、薄ピンク色のスクラブを着た看護師の岡桜子が立っていた。

「ああ、岡さん」

外来診療の待ち時間に現れなかったため、今日は会えないものだと思っていた。患者思いの岡桜子は、夕夏が担当医の柴田隆久のもとを訪れるたびに、わざわざお昼休みを使って会いに来てくれる。

最初は恐縮していたのだが、もはや夕夏にとっても、岡と話す時間は毎回の楽しみになっていた。この三鷹水陵会病院の院長の娘だとか、弟が去年交通事故に遭ったときのことに重ね合わせているだとか、働き者の彼女が様々な事情を抱えていることは知っている。ただ、彼女が見せる屈託のない微笑みは、何の嫌味もなく、まっすぐに夕夏の心に染みわたるのだった。

「間に合ってよかった。ちょっと忙しくて、お昼休みに入るのが遅れちゃったんですよ」

岡がはにかんだ笑みを浮かべ、丁寧にマスカラが塗られた長い睫《まつげ》毛を上げる。

「お身体の調子はいかがですか」

「元気です。本当に二か月前に頭を切ったのかな、ってくらい」

「そっか、あの手術からもう二か月ですものね」

身体の回復具合からするとあっという間だが、職場復帰後の苦労を思うと長かったような気もする。

「ちなみに――記憶のほうはいかがですか。何か思い出せましたか」

「それが、何も」

「なかなか戻らないんですね」

岡が沈痛な面持ちで俯《うつむ》いた。記憶を失くした当人以上に悲しそうな顔をする看護師に、夕夏は慌てて言葉をかける。

「覚悟は決めてるんです。もう、ずっとこのままかもしれないって」

このことを人に話すのは初めてだった。水上俊介との『取引』の結果に抗《あらが》おうとする気持ちは、時間が経つごとに薄れていっていた。

「記憶が戻らなくても、塗り替えていくことならできるから」

自分に言い聞かせるように話す。岡桜子はしばらく夕夏のことをじっと見つめていたが、最終的には「何かあったら頼ってね」と笑いかけてくれた。

もう二言三言会話してから、会釈をして別れる。手を振っている岡桜子に見送られながら、夕夏は病院を出て、近くのバス停へと向かった。

バスに揺られながら、水上俊介とのやりとりの履歴を見返した。

連絡先を交換したあの夜から、もう三週間近く経つ。水上からは、『今、家にいる?』と直接電話がかかってくることもあったし、『今日は八時くらいに行くよ』などとショートメッセージが届くこともあった。

平日に一回、休日に一回の、合計週二回。アパートの前まで迎えに来る水上と夜の散歩に出かけるのは、いつの間にか習慣になっていた。

水上俊介は、相変わらず自分のことを話さなかった。普段何をしているのかも、近くといってもどこに住んでいるのかも、まったく教えようとしない。話題はいつも夕夏のことばかりだった。職場で悩んでいることはないか。馬場や持木とは仲良くやれているか。最近読んだ本は何か。

それでも、水上と一緒にいるだけで、夕夏の心はなぜだか落ち着いた。二年間の記憶が戻らないという大きな問題が、まるで取るに足らないことのように思われてくるのだった。

夕夏が身元も職業も分からない男性と夜な夜な出歩いていると知ったら、翼は何と言うだろう。そんな人怪しいよ、やめておきなよ、などと叱られるかもしれない。心配性の母も、きっと同じ反応をするだろう。未《いま》だに娘との付き合い方が分かっていない様子の父は、ぱちくりと目を瞬いて、危ないことにだけは巻き込まれるなよ、などと口をもごもごさせそうだ。

そんなことを考えていると、手に持っていたスマートフォンがぶるりと震えた。画面を見ると、『父』という登録名が表示されていた。

翼からかな、と思いながらメッセージを開く。平日のこの時間に連絡が来るのは珍しかった。父は工務店の事務所に出勤しているはずだし、翼は学校があるはずだ。いったいどうやって父のスマートフォンを使っているのだろう。

表示されたメッセージを見て、夕夏は目を丸くした。翼が打ったのとは明らかに違う、句読点のない文章が連なっている。

父が打った文章だ、と即座に分かった。

『夕夏こんにちは　実はお父さんは転職を考えています　最近は県内でも大手が強くなって小さな工務店はなかなか立ち行かなくなってきました　大工の腕には自信があるの

で山の中にペンションでも作ろうかと考えています　お母さんの料理が人寄せになると思います　翼に迷惑かけないようお金は貯《た》めてあります　夕夏も東京の知り合いを連れて泊まりに来たらどうでしょうか　ご意見ください』

スマートフォンの操作が苦手な父が、一生懸命この文章を打ち込んだ姿を想像すると、不意に可笑《おか》しくなった。

どうして、六年間も故郷を離れていた娘に許可を求めようとするのだろう。今月の初めに帰省したとき、父は毎日一人でテレビばかり見ていて、夕夏に話しかけてこようともしなかったのに。

接し方を忘れていたのはお互い様だったのかもしれない――と、考える。

『いいと思う。応援してます』

文字を打ち込み、送信した。お昼休みを丸々使ってメッセージを打った父は、もう仕事に戻ってしまっているかもしれない。きっと、返信が来るのは夕方になってからだ。

どこか微笑ましい気持ちを胸に、夕夏はバスを降り、職場へと歩いた。

午後から勤務を始めて間もなく、十五時に窓口の営業が終了した。締め作業や書類整理がひととおり終わった後、夕夏は机の引き出しから投資信託ガイドや外貨預金ガイドを取り出す。

そろそろローカウンター業務に戻れるように勉強しておいて、と後藤聡子から指示があったのは二週間ほど前のことだった。仕事を教えてくれるのは、入社二年目の馬場美南だ。ローカウンターを担当し始めてまだ二か月の馬場は「私が河野さんの指導員をするなんて」とひどく恐縮していたが、「人に教えるのが一番勉強になるんだって」と強気の後藤に押し切られていた。

営業室の隅で、机の前に並んで座る。馬場はいつもどおり、おどおどしながら説明を始めた。

「昨日の続きからですよね……まず、商品の内容については、もう大丈夫ですか」

「うん。ガイドを読み込めば、自力でも何とかなりそう」

「分かりました。じゃあ、今日は実際の業務についてお話ししますね。ええっと……まず、お客様の見つけ方なんですけど、待っているだけではなかなか来てくれないです」

馬場の説明は、教わる側の夕夏が思わず舌を巻くほど丁寧だった。夕夏の知識量が新入行員程度であることをきちんと理解していて、前提となる知識があるかどうかの確認をしてから本題へと入っていく。

「ホームページから資産運用相談会に申し込んでくださるお客様もいるんですけど、それだけだと全然足りなくて。あ、相談会っていっても、別にセミナーみたいなものを開くわけじゃないです。ローカウンターで行う個別相談のことなんですけど、イメージつきますか」

「便宜上、相談会っていう言い方をしてるんだね」

「そうです。そうやって自分から来てくださるお客様は少ないので、見込みのあるお客様にはこちらから電話をかけます。調べ方はいろいろあるんですけど……例えば、普通預金の残高がすごく多いのに、他のお取引が何もないお客様とか。あとは、逆にたくさんお取引がある方に、新商品のご案内をするとか」

馬場がゆっくりと挙げていく例を、夕夏は一つ一つノートにメモしていく。経験豊富な立場であればまどろっこしく感じられるかもしれないが、右も左も分からない今は、馬場の細やかな説明が心からありがたかった。

こうやって連日教わるうちに、ふと気づいたことがあった。

倒れる以前——後輩たちの指導員をしていた夕夏は、どういう教え方をしていたのだろう。

このあいだ後藤に指摘されたように、テキパキ仕事を進める夕夏と、一歩ずつ立ち止まりながら業務をこなしていく馬場や持木は、行員としてのタイプが違う。そんな二人を厳しく指導していたという夕夏は、果たして今の馬場のように、相手の立場や知識量に配慮しながら教えることができていただろうか。

たぶん、できていなかったのだろう——と思う。

自分が分かっていることは相手も理解していると思い込む。言葉を省略しながら、ぞんざいな説明をする。それでいて、分からないところを後日質問されると、「このあいだ話したけど」「たぶんメモしてあると思うけど」などと、無意識のうちに相手を追い詰めるような台詞《せりふ》を繰り返す。

きっと、そういう対応をしていたはずだ。

記憶はないが、自分のことだから分かる。

そうでなければ、心優しい馬場がこれほど夕夏のことを怖がるはずがない。いつもびくびくしている馬場の態度を作り出してしまったのは、他でもない、夕夏自身だったのだ。

「ごめんね」

ふと気がつくと、言葉が口から出ていた。馬場はきょとんとした顔をして、「どうしたんですか」と首を傾げる。

「私、あんまりいい指導員じゃなかったでしょう。きついことも、理不尽なことも、きっといろいろ言ったんだと思う」

「いえ、そんな、全然そんなことないです」

「いつも丁寧に教えてくれてありがとう。馬場さんは、教育係に向いてるね。私も見習わなきゃ」

「ほ、本当ですか」

馬場がぽっと顔を赤らめた。自信がなさそうな表情が消え、黒い瞳《ひとみ》の奥が輝き始める。

「河野さんに褒めてもらえて、私、すっごく嬉《うれ》しいです。新卒のときも、二年目になってからも、河野さんみたいに仕事ができるようになりたいのに、なかなか追いつけなくて。河野さんは、ずっと私の目標で」

陰のある印象だった馬場が、見たこともないくらい熱心に語り始めた。その気持ちの吐露に圧倒され、夕夏はひたすら頷《うなず》き続ける。

「それなのに河野さんが入院していなくなっちゃって、どうすればいいんだろうって。河野さんの代わりが私なんかに務まるのかなって、八月からずっと、毎日不安でいっぱいで」

「大丈夫だよ。馬場さんは大丈夫。業務上のミスもないし、指導員としても立派だし」

「ありがとうございます。本当に——本当に嬉しいです」

馬場が救われたような表情をした。

「今の私がいるのは、河野さんの背中をずっと追ってきたからなんです。最初は皆さんに迷惑をかけるミスばかりしていて、お客様への説明も下手くそで。でも、河野さんというお手本がずっと近くにいてくれたおかげで、ここまで変われました」

「そんな、大げさな」

「本当ですよ。だから、私なんかでよければ、いくらでもお手伝いします。後藤代理も言ってましたけど、これは恩返しなんです。元通りに仕事ができるようになるまで、一生懸命サポートしますから」

その顔を見て、夕夏の心も晴れていく。

ふと、馬場の肩越しに視線を感じた。ちらりと覗《のぞ》くと、課長代理の席に座っている後藤聡子と目が合った。後藤は無言でにっこりと笑い、何もなかったように業務へと戻っていった。

その後も馬場はゆっくりと時間をかけて、投資信託レポートの印刷方法や電話営業のマナーについてひととおり教えてくれた。馬場に礼を言い、自席に帰ろうとしたとき、ふと営業室の奥から声をかけられた。

「河野さん。今、いいかな」

顔を上げると、支店長の上永正義が手招きをしていた。

途端に身体に緊張が走る。三年目の平社員が直接支店長に呼ばれることなど、めったにない。

何かまずいことをしただろうか、と思考を巡らせながら、営業室の一番奥にある支店長の席に駆け寄った。すると支店長は、机で仕事をしていた営業事務係の課長代理三人にも声をかけた。

「後藤さん、浜口さん、それから小寺さんも。ちょっと会議室へ」

はい、と口々に返事をしながら、課長代理たちが立ち上がる。後藤聡子は不安げな顔をしていた。夕夏とさほど関わりのない浜口良平《りょうへい》は無表情で、小寺正文は夕夏を見てニヤニヤと底意地の悪い笑みを浮かべている。

——三年目の行員がろくに契約も取れないようじゃ、本部からどんなお達しが下るか分からないよ。渉外係で山奥の区域担当なんてことになったら、もう何があっても這《は》い上がれないから。

このあいだ小寺に脅されたことを思い出し、背筋が凍る。

もしかすると――二年間の記憶を失くし、以前のような働きができていない夕夏に、左遷に等しい人事異動が言い渡されるのかもしれない。

絶望的な気分になりながら、支店長の後について会議室へと向かった。室内に入ると、課長の掛川敏樹《としき》と目が合った。部屋の奥には、副支店長も座っている。

「座って」

支店長に指示され、夕夏は入り口に一番近い席に恐る恐る腰かけた。役席が勢ぞろいした会議室の空気は、営業室よりも冷たく感じられる。

「復帰からもう二か月が経ったね。定期的に半休を取得して病院に通っているようだけど、体調はどうなのかな」

支店長の表情は読めなかった。夕夏は身を縮め、「すみません」ととっさに謝る。

「いやいや、謝る必要はないんだよ。病気なんだからそれは仕方ない。無理して働いて、また倒れられたほうが困るさ。で、調子のほうは？」

「順調に回復してます。記憶は戻らないままですけど」

「二年間、だったか。想像もつかないな。大変だろうに、よく頑張っているね」

それで、本題なんだが――と、支店長が重々しく切り出した。後藤が眉《まゆ》を寄せ、小寺が唇の片端を持ち上げ、夕夏は思わず目をつむる。

「実は、本部の新規プロジェクトチームから声がかかってる」

「……え？」

　夕夏は顔を上げ、目を瞬いた。

「誰にですか？」

「もちろん、河野さんにだよ」支店長が笑う。「これまでの人事評価や勤務態度をもとに、白羽の矢が立ったそうだ。窓口業務のＩＴ化やコールセンターへのＡＩ導入などを推進するプロジェクトチームが十二月に結成されるらしくてね。デジタルネイティブ世代である若手行員にも加わってもらいたいとのことだ」

　予想と正反対の内容に、夕夏はぽかんとして支店長の顔を見つめる。

「とはいえ、河野さんはついこのあいだ病気で倒れたばかりだし、記憶喪失のこともあるからね。本部からの依頼とはいえ、このまま行かせていいものかと議論していたんだよ」

　支店長の言葉に、その隣に座っている副支店長や掛川課長が神妙な顔をして頷いた。どうやら、課長代理と夕夏をここへ呼ぶ前に、三人で話し合っていたらしい。

「でも、むしろ本部に異動したほうがいいのではないかという結論に至った。忘れてしまった二年間を取り戻そうと焦ることなく、まるっきり新しい業務に専念できるわけだからね。何より、今回の人事異動は河野さんにとってのチャンスだ。本人の意向を聞かずに私たちが拒否するわけにはいかない」

さて——、と支店長が夕夏をまっすぐに見つめた。

「この依頼、受ける気はあるかな」

夕夏はひゅっと息を呑《の》み、会議室に集まった役席一同を見回した。副支店長や掛川課長、そして若き課長代理の浜口は、表情のない顔で夕夏を眺めている。浜口の隣に座っている小寺は、憎々しげに下唇を噛《か》んでいた。

そして一番手前に腰かけている後藤聡子は、顔中を輝かせ、喜色満面の笑みを浮かべていた。「大抜擢《ばってき》だよ、大抜擢!」と小声で囁《ささや》き、胸の前で小さく拍手をする。

信じられない気分だった。今回の人事異動に至るまでに、忘れてしまった二年間の自分は、どれほど真面目に、そして必死に働いてきたのだろう。その功績を、記憶を失った自分が独り占めしていいのだろうか。

後輩の馬場美南の顔も脳裏に浮かぶ。夕夏が一か月後に本部へと異動してしまったら、ローカウンターの業務を一生懸命教えてくれていた彼女は、いったいどんな気持ちになるだろうか。

「何を迷ってるの。これは河野さんが頑張った結果なんだよ。河野さん自身が覚えてなくても、この支店にいる人なら全員知ってる」

痺《しび》れを切らした後藤聡子が、手を伸ばして夕夏の背中を強く叩《たた》いた。その言葉にはっとして、夕夏は椅子から立ち上がり、長いテーブルを挟んで支店長と向かい合う。

「私、本部に行きます。行かせてください」

深々と頭を下げる。その耳に、温かい拍手の音が聞こえてきた。


ふわふわと宙に浮くような気分のまま更衣室を出て、一階の従業員用出入口へと向かった。その途中で、二階から出てきたスーツ姿の男性と鉢合わせする。

「あ」

同時に声を上げた。菊池克樹は、少し気まずそうに鼻の下を人差し指でこすり、「今日は遅くまで残ってたんだな」と腕時計を見やった。

菊池とは、長野の家から電話をして以来、ほとんど言葉を交わしていなかった。支店を出入りする姿を見かけることはあったが、営業中の忙しい時間帯だったため、すれ違いざまに挨拶《あいさつ》しかしていない。

「そういえばさっき、支店長たちと一緒に会議室から出てくるところを見たんだけど、何かあった？」

「あ、見てたんだ」

「ちょうどその後、渉外係のメンバーで会議室を使おうとしてたからさ。ちょっと気になって」

支店長からは、特に口止めされていなかった。「他の人には言わないでね」と前置きしてから、人事異動の件について話す。秘密にするという選択肢もあったが、同じ支店で三年間働いてきた菊池には伝えなければならないような気がした。

夕夏が小声で話し終えると、菊池は目を真ん丸にして、「すごいな！」と興奮した声を上げた。

「いやあ、さすがだよ。同期で頭一つ抜けたな」

「そんなことはないよ」

「他の奴が抜擢されたらめちゃくちゃ嫉妬《しっと》するけどさ、河野さんなら納得だわ。頑張ってるの、ずっと見てたもん。俺、応援してるから」

菊池が白い歯を見せて笑う。その優しさにあふれた表情を見て、かすかに胸が痛んだ。このあいだ電話で突き放してしまった夕夏のことを心から祝福してくれる菊池は、本当に大人だ。

ありがとう、と呟《つぶや》き、夕夏は深く頭を垂れた。二か月前に職場復帰した日から精神的に支え続けてくれた菊池には、感謝の念しかない。

「……あのさ」

菊池が、もぞもぞと身体を動かしながら言った。

「俺、河野さんに、まじで悪いことしたわ」

「急にどうしたの」

「きちんと謝らなきゃいけないなと思ってた。だから――本当に、ごめんな」

それだけ言い残し、菊池は足早に三階へと去っていってしまった。夕夏は消えていく菊池の後ろ姿を、階段に立ったまましばらく眺めていた。

鞄《かばん》に入っているスマートフォンが震え、我に返る。

階段を下り、従業員用出入口から外に出ながら、新着通知を確認した。『水上俊介』という登録名と、短いメッセージが見える。

『遅くなるかもしれないけど、今日は行くよ』

スマートフォンを握りしめたまま、夕夏は自宅への道を歩き出した。

どうしてだろう。彼が打った文字が無機質な画面上に浮かび上がるだけで、心の奥底に温かいものが広がっていく。


ベッドに腰かけて本を読んでいると、長いバイブレーションが聞こえ始めた。

『悪魔の計らい』と題された短編集を本棚へと戻し、カーテンを人差し指でそっと開く。アパートの前にある街灯に白く照らされた水上俊介が、夕夏に向かって手を振った。

スマートフォンが震える音が止む。『不在着信：水上俊介』という表示を消してから、夕夏はカーディガンを羽織り、玄関へと向かった。

「遅くなってごめん。迷惑だったかな」

階段の下まで移動していた水上が、形の整った眉を寄せる。もう夜の散歩も五回目だというのに、到着が二十三時を過ぎると、水上は心から申し訳なさそうな顔をするのだった。

「ううん。明日、仕事休みだし」

彼の〝仕事〟に定休日はあるのだろうか、とふと考える。金曜夜という響きは夕夏の心を幾分軽くするが、水上にとってはいつもと変わらない夜なのかもしれない。

コンクリートの階段を下りていくうち、小さな異変に気づいた。

「あれ、今日、シャツ」

驚いて指差すと、水上は細身の長袖《ながそで》シャツの胸元をつまみ、照れ笑いを浮かべた。

「いつも同じシャツばかりで、不衛生だと思われたら困るからさ」

「そんなこと思ってないよ。柔軟剤のいい香りがしてたし」

「おっと、それはそれでイメージがよくないな」

「生活感があるから？」

「うん。〝悪魔〟っぽくない」

とすると、黒いシャツに黒いパンツという組み合わせも、〝悪魔〟っぽさの演出のためだったのだろうか――とちょっぴり拍子抜けする。

「茶色も似合うね」

考えるより先に、言葉が口から出た。このあいだ朝の更衣室で、持木絵里花にブラウン系のアイシャドウを褒められたことを思い出す。

あのときの夕夏のように、水上はほんの少し顔を赤らめた。もともと色白だから、頬の紅潮が余計に目立つ。

「でも、イメチェンしたいなら、まずはその手袋を外せばいいのに」

「確かにね。まあ、表面積の大きいところから徐々に変えていこうかなと」

濃い茶色の長袖シャツに、黒いスキニーパンツに、白い手袋。

変化したのはシャツの色だけなのに、目の前に佇《たたず》んでいる水上は、今まで以上に人間らしく見えた。そういう意味では、彼の突然のイメチェンは成功を収めているのかもしれない。

夕夏の歩調を気にしながら、水上がゆっくりと歩き出す。砂利を踏む二人の靴音が、夜の静けさに吸い込まれていった。

夜の散歩の行き先は、特に決めていない。例の公園に行くこともあるし、住宅街の中をぐるりと一周して終わることもある。今日も、どこに行こうかと話し合うこともなく、気持ちの赴くままに歩を進めた。

「この一週間はどうだった？」

「十二月から、本部に異動することになったよ」

「本部？　新宿にある本社のこと？」

「よく知ってるね」

「君のことなら大抵」

勤め先の本店所在地まで調べがついているのか、と可笑《おか》しくなった。『取引』相手のことを徹底的に調査する姿勢は、リスクマネジメントを重視する銀行員にも似ている。

「それって、栄転なんだよね」

「支店長の言葉を聞く限りは」

「おめでとう」水上は和やかに微笑んだ。「そうなると、君は三鷹から出ていくのかな」

「ううん。新宿なら中央線ですぐだし、このままでいいかな、と」

「あのアパート、なかなか風情があるからね。表の道に面してないから静かだし、日当たりも良好だし。何より、裏に大きな桜の木があるのがいい」

まるで住んだことがあるかのように、水上が夕夏に代わって力説する。「本当はお風《ふ》呂《ろ》に追い焚《だ》き機能が欲しいけど」と夕夏がコメントすると、「それは確かにあったほうが楽だな」と水上が顎《あご》に手を当てた。

天使のような美青年と、お風呂の追い焚き機能について意見を交わすのは変な気分だった。シャツの色が黒から茶色に変わったとはいえ、彼の素性は依然として知れていない。こうやって水上俊介と夜の散歩を繰り返していること自体、本当は夢なのではないかと感じることがあるのだった。

「君が前向きに生きようとしているみたいで、僕も嬉《うれ》しいよ。記憶が消えたことは本当に大変だろうけど、君なら乗り越えられる」

「他人事《ひとごと》みたいに言うんだね。記憶を奪った張本人なのに」

「仕方ないよ。生きるためには、時に大きな代償が必要なんだ」

水上は悟ったようなことを言う。命を助けてもらった夕夏は、彼に反論することができない。黙ったまま、街灯に照らされてできた二つの黒い影が後方へと動いていくのを目で追った。

「記憶がふと戻ってくる可能性って、あるのかな」

「どうだろうね」水上が首を傾げる。「もしそうなったとしたら、僕の力不足だ」

「そうしたら、『取引』は無効になって、また脳に悪性腫瘍《しゅよう》ができる？」

「いや、そんなことは起きないさ」

水上がやけに強い口調で言い、首を左右に振った。

「どうして突然、そんなことを訊《き》くんだよ」

「うーん……どうしてかな」

「まさか、『取引』を無効にしたいなんて言わないよね」

「無効にすることもできるわけ？」

「仮にできたとしても僕は応じないよ」

水上の表情がどんどん険しくなるのを見て、「ごめんごめん」と夕夏は彼をなだめた。

「覚悟を決めようとしただけ。記憶と命、どちらかしか選べないなら、私はやっぱり命でよかったと思うの。記憶を失くして初めて分かったことも、いろいろあったから」

星羅の部屋を片付けていたときの母のすっきりとした顔や、今日職場で熱弁を振るっていた馬場美南の晴れやかな顔が脳裏をよぎる。

二年間の記憶を失ったことで、昔から変わらずそこにある故郷と家族のありがたみに気づき、過去を見つめ直すことができた。職場でも、初心に立ち返ることで自分の未熟さと尊大さに気づき、後輩たちと初めて心を通わせあうことができた。

「ならよかった」

水上がふうと長く息をつき、柔和に微笑んだ。これほど取り乱す彼を見たのは初めてだ、とふと気がつく。

二人は並んで三鷹の街を歩き続けた。駅から遠ざかる方向に歩き続けているため、人通りは少ない。自分と彼を包み込んで外の世界から隔絶する夜の闇は、不思議と夕夏を大胆にさせた。

誰もいない道路の真ん中で、夕夏はふと立ち止まった。

すぐに水上が気づき、こちらを振り返る。

「どうしたの？」

どこまでも澄み切った色素の薄い目が、まっすぐに夕夏を見つめる。夕夏は胸を波打たせながら、その眼差《まなざ》しを受け止めた。

「この期に及んで、まだ教えてくれないんだね」

「何を？」

「水上さんが、何者なのか」

夕夏が言葉を放つと、水上がまた苦しそうに顔を歪《ゆが》めた。「それは言えない約束なんだ」と彼がためらいがちに呟《つぶや》く。

「どうして?」

「僕には、まだ確証がないから」

「……確証?」

訊き返してみたが、水上は曖昧《あいまい》に笑って夕夏の言葉を受け流した。夕夏は軽く頬を膨らませて、もう一度問いかける。

「答えてくれないなら、別の質問をしてもいい?」

「どうぞ」

「これって、まだアフターフォローの続きなの?」

――夜の散歩を繰り返すことが。こうやって二人で、何でもない会話をしながらあてもなく街を歩くことが。

「そうだな」

彼は立ち止まったまま、星の少ない空を見上げた。

「アフターフォローでは、ないかもしれない」

「なら、どうして」

「僕がそうしたかったからだよ」

強く吹いた夜風に乗って、彼は音もなく近づいてきた。

温かい両手が肩に置かれる。夕夏の意思を確かめるかのように、彼は真正面からこちらを覗《のぞ》き込み、その体勢で静止した。

夕夏は彼を見上げたまま、目を見開いて固まっていた。

頬が熱くなり、呼吸が止まる。

その緊張が解けないうちに、月明かりを受けた水上の美しい顔が、ゆっくりと夕夏のもとへと下りてきた。

目をつむった直後、唇に柔らかい感触を覚えた。外に放出できない熱気が、頬だけでなく全身に満ちていく。

夢かと疑ってしまうほど、一瞬の出来事だった。夕夏が目を開けたとき、水上はすでにすました顔で夕夏の隣に立っていた。

「さて、もう帰ろうか。時間も遅いし、だいぶ遠くまで来たし」

そうして、するりと夕夏の左手をからめとる。左手に水上の温《ぬく》もりを感じながら、さっきのキスは夢ではなかったのだと夕夏は火照《ほて》った頭で考える。

行きと違って、二人の間に会話はなかった。右手と左手だけを繋《つな》いだまま、車も人も通らない住宅街の一本道をゆっくりと戻っていく。

「誰なのか分からない人と、こうやって散歩するなんて、変な感じ」

途中で、夕夏はぽつりと呟く。

「僕のほうこそ、受け入れてもらえたことに驚いてるよ」

何かを語りかけるかのように、白い手袋に包まれた水上の右手が、夕夏の左手をぎゅっと強く握った。

やがて、見慣れたアパートの前の道へと帰ってきた。水上はいつものように外階段の下まで夕夏を送ると、そっと手を離した。白い手袋が、自分の手汗で濡《ぬ》れてしまったのではないかと心配になる。

「またね。おやすみ」

去っていこうとする水上の背中を見て、急に胸が苦しくなる。時間が有限であることを恨み、抵抗しようとする力が身体の奥底で生まれる。

「あの！」

夕夏の呼びかけに、水上が振り返った。ぜいぜいと荒い呼吸をしながら、夕夏はアパートの二階を指差した。

「お茶くらい、出すよ」

実家の母みたいなことを言っているな、と自分で可笑《おか》しくなった。ふふ、と耐え切れずに漏らした笑みが水上にも伝染し、二人で顔を見合わせて笑う。

「じゃ、お言葉に甘えて」

水上が恭しく頭を下げ、素直に砂利道を戻ってくる。階段を上り、鍵《かぎ》を開けて部屋の中に入ると、水上は遠慮がちに玄関で靴を脱ぎ、中に入ってきた。

「ごめんね、スリッパもなくて」

「ううん、全然。寒くないし」

奥の部屋へと案内しようとして、パジャマが出しっぱなしになっていたことに気づいてさっと布団の下に隠す。女性のベッドに腰かけることは憚《はばか》られたのか、水上は床に敷いてあるベージュ色のラグの上に座り込み、あぐらをかいた。一応、折り畳み式のミニテーブルが置いてあるから、人をもてなすことはできる。

ちょっと待っててね、と上ずった声で水上に告げ、夕夏は廊下のキッチンへと向かった。電気ケトルに水を入れ、スイッチを入れる。紅茶の茶葉の入った缶を手に取ってから、今が深夜であることを思い出し、カフェインレスのほうじ茶へと切り替えた。

ほかほかと湯気が立つマグカップを持っていくと、水上は「ありがとう」と微笑んだ。病室や外でしか会ってこなかった彼が、自室の床に座って一緒にお茶を飲んでいる。違和感のある光景のようでいて、案外しっくりくる気もした。いつもの黒いシャツをやめて、茶色のシャツにしたのがよかったのかもしれない。

「あ、これ」

右手にマグカップを持っていた水上が、いったんカップを置いて本棚に手を伸ばした。彼が取り上げたのは、さっきまで夕夏が読み返していた、『悪魔の計らい』と題されたSF短編集だった。

「やっぱり、心当たりがあるわけ？」

彼の愉快そうな反応を見て、夕夏は探りを入れる。水上はパラパラとページをめくると、表紙をしばらく見つめてから本を本棚へ戻した。それから何も答えずに、温かいほうじ茶を一口飲んだ。

「答えてくれないってことは、秘密なんだ」

「確証がないからね」

「だから、何の？」

首を傾げる。その瞬間、水上がすっとこちらに近づいてきた。優しく肩を抱き寄せられ、夕夏は思わずマグカップをひっくり返しそうになる。

夕夏の耳が、水上俊介の胸にぴったりとくっつく。

彼の心臓の鼓動が聞こえた。

夕夏と同じくらいの勢いで、早鐘を打っている。

ずっとこうしていたい――と、夕夏が願い始めたときだった。

「あっ」

水上が不意に胸元を押さえ、夕夏から飛び退《の》いた。慌てて立ち上がり、部屋を出ていく。

「どうしたの？」

面食らった夕夏が玄関に駆けつけたときには、水上はもうスニーカーを履いていた。

「ごめん、今日は行かなくちゃ」

「えっ」

「ちょっと、用事が」

「こんな深夜に？」

「ごめん、また連絡する」

夕夏が唖然《あぜん》としている間に、水上は玄関のドアを開け、勢いよく外へと出ていった。外階段を下っていく靴音に続いて、砂利を蹴散《けち》らして走っていく音があっという間に遠くなっていく。

薄暗い灯《あか》りのついた玄関で、夕夏はしばらく立ち尽くしていた。三鷹駅からの終電は、まだあっただろうか。こんな夜遅くに、彼はどこへ行くつもりだろうか。そんなことをとりとめもなく考える。

ヴー、と低いバイブレーションの音が聞こえたような気がして、部屋へと戻った。たった今出ていった水上からの着信ではないか、と期待する。

まだ温かいほうじ茶の入ったマグカップが二つ、ミニテーブルの上に並んでいた。その隣に置いてある夕夏のスマートフォンの画面は、真っ黒だった。

空耳だったことに落胆しながら、夕夏はラグの上に座り込み、水上が使っていたマグカップを手に取った。

——本当は、朝までいてほしかった。

散歩の後、そのまま帰っていこうとする彼を部屋に上げたとき、自分は密《ひそ》かにそう望んでいたのだと思う。

自分の気持ちも、さっきまでの出来事が現実だったのかどうかも、今やはっきりとしなかった。

おぼろげな胸の温もりだけが、夕夏の耳元にいつまでも残っていた。

＊

翌日の土曜日は、丸一日連絡が来なかった。

食料を買い込むために一度出かけた以外、家に引きこもって読書をするだけの一日。夕夏にとっては通常運転のはずの休日が、なぜだか普通に感じられなかった。沈黙しているスマートフォンを意味もなく手にとっては置き、その繰り返しをするうちに夜が更けていった。

それだから、日曜の早朝に短いバイブレーションの音で起こされたときにはちっとも期待していなかった。寝ぼけ眼をこすりながら見た通知画面には、『水上俊介』の文字と『今日、時間ある？』という短い質問が表示されていた。

おかげで、すっかり目が冴《さ》えてしまった。午前六時三分に届いていたメッセージに、六時七分に返信した。――『暇です』と。

夜に会うときとは違う緊張感に襲われながら、BBクリームやファンデーションを慎重に塗り、先日持木に褒められたブラウンのアイシャドウを念入りに目元にのせた。少ない私服の中から無難な紺色のワンピースを選び出し、さらに少ないバッグの中からベージュのショルダーバッグに白羽の矢を立てる。癖一つないストレートの髪を必死に梳《と》かしている自分を鏡の中に見つけ、その滑稽《こっけい》な姿に腹を立てたところで、もう家を出る時間が迫っていることに気づいた。

待ち合わせ場所は、吉祥寺《きちじょうじ》駅のＪＲ改札前だった。家まで迎えに来るという水上の申し出をなんとか断り、昼前に直接待ち合わせることにしたのだった。

改札前で待っていると、人混みの中から見覚えのある背の高い青年が現れた。

Ｖ字ネックの白いカットソーにデニム生地のジャケットという、明るい雰囲気の出《い》で立ちに驚く。黒いスキニーパンツと白い手袋は相変わらずそのままだが、肩にはカジュアルな形をした紺色のショルダーバッグがかかっていた。

その昔、学校でしか会ったことのない男子と休日にすれ違ったときの胸のざわつきを思い出した。制服姿しか知らない相手が、急に自由な私服を着て現れると、それだけで不意打ちを食らったような気分になる。

やあ、と爽《さわ》やかに右手を上げて近づいてきた水上俊介は、「おっ」と声を上げて夕夏を見下ろした。

「そのワンピース、久しぶりに見た」

「そう？」

水上の前で着たことがあっただろうか、と首を捻《ひね》る。菊池克樹とのデートには別の服を着ていったから、その帰りに会ったときではないはずだ。もしかすると、命と記憶を交換する『取引』相手の候補として一方的に観察されていたときに、たまたま着ていたのかもしれない。

「おとといはごめんね。せっかくお茶を淹《い》れてくれたのに」

「あ、いえ、全然。大丈夫です」

「どうしてそんなにかしこまってるの？　これまで敬語なんか使ってなかったよね」

水上が面白がるように指摘する。そういえばそうだった、と照れ笑いを浮かべながら、出会ったときから一貫して敬語を使ってこなかったことを今さら不思議に感じた。水上俊介という存在がそれくらい違和感なく、すんなりと夕夏の心に入り込んできたともいえる。

「水上さんって、ずいぶん早起きなんだね」

「そっちこそ、すぐに返信が来てびっくりしたよ」

「私は通知で起こされただけ」

「ああ、それは申し訳ない」

「イメチェン、進行してるね」

「ちょっとずつだけど」

他愛もない会話をしながら、彼はなぜ昼間の吉祥寺を指定したのだろう、と思考を巡らせる。その答えは思いのほかすぐに提示された。

「今日は、映画にでも付き合ってもらえないかなと思って」

「え……映画？」

「お腹が空《す》いてれば、先にご飯でもいいんだけど。まだ時間が早いから、個人的には映画が先だと嬉《うれ》しいかな。どんなのが好き？　僕は、最近公開されたばかりの、ミステリー小説の実写映画が気になってるんだけど」

何かと思えば、デートの誘いのようだった。「何でも見るよ」ともごもごと返事をしながら、映画館に向かって並んで歩く。

病室や夜のアパート前にひっそりと佇《たたず》んでいたイメージとは一転、今日の水上俊介は潑剌《はつらつ》としていた。しかし、その顔はいつもより疲労が溜《た》まっているように見える。

「水上さん、今日、疲れてる？」

「昨日ほとんど徹夜だったからね」

「えっ、それなら寝てればよかったのに」

「いやいや、おとといの埋め合わせをしないと」

「映画の途中に寝ちゃうかもよ」

「そしたら起こして」

映画の途中に水上が消えてしまったらどうしよう、と想像する。上映開始までは間違いなく隣に座っていたのに、エンドロールが終わって電気がつくと、煙のように消えているのだ。水上俊介に限っては、ありえない話ではなさそうだった。

結局、見る映画は水上のおすすめに従うことにした。原作の小説はちょうど最近読んでいたため、大まかなあらすじは分かっている。ある程度のクオリティが担保されているという理由で、夕夏も安心して鑑賞できそうだった。

水上は、一般人と同じように、財布からお札を取り出してチケットを買っていた。自分の分は払おうとしたが、「今日は僕が無理やり誘ったから」と辞退されてしまう。

映画の上映時間は数分後に迫っていた。後ろのほうの席に座り、予告編を眺める。特に会話もないまま、映画の本編が始まった。

ミステリー小説といっても、おどろおどろしい事件が起きるわけではなく、日常の謎をベースにした作風だった。脚本もコメディ色が強く、場内はたびたび笑い声で満たされる。購入したオレンジジュースを飲みながら、夕夏も朗らかな気持ちでスクリーンの中の動きを追った。たまに隣の水上の様子を観察したが、彼は眠りに落ちる様子も、跡形もなく消える様子もなく、同じように笑いながら目の前の映像を眺めていた。

映画館を出て、近くの落ち着いたカフェに入る。「ここ、それほど混んでないから重宝するんだ」とさらりと説明するあたり、どうやら水上はこの店の常連のようだった。

ランチメニューから、ハンバーグプレートを二つ頼む。慣れた様子で店員に注文している水上を見ながら、ふと疑問に思い、問いかけた。

「水上さんって、何歳？」

「何歳に見える？」

彼は悪戯《いたずら》っぽい笑みを浮かべる。夕夏が困ることを知っていて、わざと訊《き》き返しているのだろう。

同い年くらいかな——と考えてから、無意識に自分の年齢を二十三と想定していたことに気がついた。二回分の誕生日の記憶がないが、夕夏は二十五だ。とすると、この爽やかな青年は自分より年下なのかもしれない。

あんまり年齢が離れていたら嫌だな、と思いながら、恐る恐る予想する。

「二十三くらい？　もしくはまだ学生なのかも」

「学生ときたか。ずいぶんと若く見られたな」

「違うの？」

「うん。といっても、ついこの間まで学生だったけどね」

それじゃあやっぱり自分よりは年下なんじゃないか、と落胆する。喋《しゃべ》り方が大人びているから、年上の可能性もあるのではないかと望みをかけていたのだが、そこは見た目相応だったようだ。

「学生って、大学？」

「そう」

「どこに通ってたの」

「少なくとも、君とは別の大学だよ」

「それはそうでしょ、私は女子大だもん」

「ああ、そういえば」

水上は可笑《おか》しそうに頬を緩めた。大学名や学部を尋ねてみたが、「取るに足らない情報だから」とはぐらかされる。

運ばれてきたハンバーグを食べながら、さっき見た映画の話題に花を咲かせた。いつもは途中で何を話していいか分からなくなるが、今日は映画の内容について語り合えるから気が楽だった。「あの展開はびっくりしたな」「主役の俳優、はまり役だったよね」などと言葉を弾ませる水上は、いつになく〝普通の人間〟らしく見えた。

水上が夕夏と同じ人間であることは、もはや疑念を差し挟む余地がなかった。ただ、自分とは違う世界に生きる人間なのではないか、という直感は消えない。

わけが分からない相手と、こんなふうに接近して大丈夫なのだろうか。同期の菊池克樹の代わりにいつまでも素性を明かそうとしない男性を選ぼうとするなんて、自分はいったい何を考えているのだろうか。遊びのつもりなら別だが、将来のことを少しでも気にするなら、このままでいいはずがない。

頭では分かっている。だが、一度胸の中にともった灯は、なかなか消えゆく気配を見せなかった。

水上俊介といると、心が安らぐ。

平日に溜まった疲労や、一人で過ごした土曜日の孤独感が、綿毛が風に飛ばされるように、あっさりと夕夏の中から抜けていく。

なぜかと言われても、説明がつかない。

恋心というのはそういうものなのかもしれないと、二十五年間生きてきて初めて、夕夏はある一説に辿《たど》りつく。

黙って隣で映画を見て、空いているカフェで遅めのランチをする。

たったそれだけの休日が、どうしようもなく愛《いと》おしい。

「こんなに楽しい休日、久しぶりかも」

ハンバーグを食べ終え、セットのホットコーヒーを口に運びながら、思わず本心を口にした。受け流されるかと思ったが、夕夏の予想に反して、水上は目を輝かせて破顔する。

「それはよかった。まだ体調も万全じゃないだろうし、もともとインドア派だろうから、外に誘い出していいものか迷ってたんだ」

「最近ずっと映画館に行きたいと思ってたから、嬉しかったよ」

夕夏の趣味が読書と映画鑑賞ということを、水上は知らないはずだった。それなのに、さりげなく夕夏の好みど真ん中を突いてくる。

「水上さんは、映画は好き？」

「わりと。普段が忙しいから、休日はまったりしたい派」

「普段……」彼は、どこでどのように過ごしているのだろう。「私以外にも、いろんな人の命を救うために、働いてるの？」

「うん」

水上は素直に頷《うなず》いた。その目の中に、期待とも祈りともとれる感情が浮かんでいる。

じっと見つめられているうちに、最近影を潜めていた例の頭痛がぶり返してきた。

思わず額に手をやり、目をつむる。

――なぜ今、このタイミングで、頭が痛くなるのだろう？

「あっ」

椅子を引くせわしない音がして、向かいに座っていた水上が立ち上がった。見上げると、デニムジャケットの胸ポケットを押さえている水上が、入り口近くの柱の陰へと消えていくところだった。頭痛がしていたことも忘れ、夕夏は呆気《あっけ》に取られて水上の後ろ姿を眺める。

水上は、誰かと電話をしているようだった。小声で話しているため、周りで食事をしている客の雑談に掻《か》き消されて内容は聞こえない。

一抹の不安が、夕夏の胸中に広がる。

現れるときも急、消えるときも急。――水上はまた、夕夏の前からいなくなってしまうのではないか。

まだ半分以上残っているコーヒーを飲むこともできずに、夕夏は柱の陰に見える水上の背中を見守った。

しばらくして戻ってきた水上は、端整な顔を曇らせていた。

「ごめん。今日も行かなくちゃ」

「え、今から？」

「うん。お金は置いていくから、飲み終わるまでゆっくりしていって。今度、埋め合わせは必ずするよ」

そう言ってから、「埋め合わせの埋め合わせ、か」と水上は寂しそうに付け足す。

動揺が夕夏の身体を駆け巡っていた。金曜日の夜も、今日も、夕夏が彼のそばにいたいと心から願っているときに限って、水上の手はするりと夕夏の指の間を抜けていく。

「本当は、できれば今日伝えようと思っていたことがあったんだ。とても大事なことでね」

「……大事なこと？」

「今度の土曜日に、横浜《よこはま》のみなとみらいまで来てくれないか。夕方五時に、桜木町《さくらぎちょう》駅の改札前集合。絶対だよ」

「え、ちょっと！」

水上はテーブルの上に三千円を置くと、ぱっと身を翻して店を出ていった。一人になった夕夏に、店内の客の視線が集まる。

途端に不安が増幅した。

大事なこととは、何だろう。

もしかして――姿を消す、なんて言わないだろうか。

『取引』相手と仲良くなりすぎるのはルール違反だ、とか。遠くに行くことになったからさよなら、とか。

水上は、夕夏との関係を絶とうとしているのかもしれない。

その可能性に思い当たった瞬間、顔から血の気が引いた。

人間のようでありながら、普通の人間ならざる存在でもある水上。

彼は、夕夏の前からいなくなろうとしているのではないか。

今度の土曜日に『大事なこと』を告げられたが最後、電話もメールも繋《つな》がらなくなり、夕夏が彼の姿を見ることは一生かなわなくなるのではないか。

「やめてよ」

気がつくと、夕夏は椅子から立ち上がっていた。

そんなのは嫌だ。――絶対に、嫌だ！

わき上がってきた衝動に身を任せ、夕夏も慌ててショルダーバッグを引き寄せて水上を追いかけた。伝票と三千円をレジに置くや否や、「お釣りはいいです」と店員に言い捨て、外の通りへと出る。

水上の姿はすでに見えなかった。当たりをつけ、駅の方向へと走る。

吉祥寺駅前で、タクシー乗り場に立っている水上の姿を発見した。背後へと回り、スマートフォンで顔を隠しながらすぐ後ろに並ぶ。急いでいる様子の水上は、夕夏に気づく様子もなく、列をなしていたタクシーに一人で乗り込んだ。

その後ろのタクシーに駆け寄り、開いたドアに飛び込んだ。「前のタクシーについていってください」と依頼すると、バックミラー越しに怪訝《けげん》な顔をされた後、車が勢いよく動き出した。

息を整えながら、後部座席の背もたれに身を預けた。吉祥寺駅から離れると、タクシーは井《い》の頭《かしら》公園を通り抜ける道に入った。二台のタクシーが、少し間を空けながら、三鷹市の方面へと戻る道路を縦に連なって走っていく。

十五分ほど走った後、ふと周りの景色に見覚えがあることに気がついた。三鷹駅や、自宅付近ではない。どこだろう——と首を捻《ひね》った瞬間、夕夏の目の前に十階建ての大きな建物が出現した。

「ここで停めてください！」

夕夏の大声に驚いた運転手が急ブレーキをかける。料金を支払い、夕夏はタクシーから飛び出して建物の入り口へと走った。前方を走っていたタクシーは、すでに門を通って敷地内へと消えていた。

三鷹水陵会病院。

——なぜ、彼がここに？

夢を見るような心地で門の表示を読み、その場に立ち尽くす。警備員に声をかけられそうになり、夕夏はようやく我に返って正面玄関へと歩を進めた。

中に入って、水上の姿を探す。一階を隈《くま》なく見て回ったが、彼の姿はどこにもなかった。

諦《あきら》めかけて戻ろうとしたとき、聞き覚えのある声が夕夏の鼓膜を震わせた。

「病室はどこですか」

優しく、柔らかく、それでいて芯《しん》のある声。

振り向くと、廊下の向こうに、職員用の出入口から出てきた男女二人組がいた。別の服に着替え、首からIDカードとPHSを下げた水上俊介が、そばにいる見知らぬ看護師に質問をしている。

水上は、白い手袋を片方だけ外していた。もう片方の手袋に指をかけながら、看護師とともに急ぎ足で廊下の奥へと去っていく。

――ライム色のスクラブ。

彼の背中を彩る明るい色が、夕夏の目を刺した。

＊

夜の訪れとともに、灰色の海は深い紺色へと変わる。地上の光が水面に落ち、都会の海に赤や青の半円を映し出す。

赤レンガ倉庫内のレストランで早めの夕飯を済ませた二人は、建物の裏にある広場に来ていた。海に面した手すりにもたれ、十数組のカップルに紛れて横浜の夜景を眺める。

ツイードのジャケットを羽織った水上俊介は、気がつくと風上に立ち、十一月上旬のやや冷たい海風を遮ってくれていた。

「寒くない？」

「うん」

短い会話をして、また黙って暗い海を見つめる。夕飯を食べ終わるとそそくさとここに連れてきたあたり、彼が「大事なこと」を話し出そうとしているのは明白だった。

あれから一週間、水上からの連絡はなかった。昨夜になって、『明日、よろしくね』とだけメッセージが届いた。そのシンプルな文章が、彼の決意を示していた。

「今日、話そうとしてたことなんだけどさ」

ようやく、水上が口を開いた。

「どこから説明すればいいのか、難しくて」

彼の顔はいつになく真剣だった。思いつめたような表情で、遠くに光るベイブリッジを見つめている。

ようやく〝確証〟を得られたのだろうか――と、透き通るように白い水上の横顔を見ながら考えた。

たぶん、そうなのだろう。

だからこそ、彼は今宵夕夏を呼び出し、すべての秘密を打ち明ける気になったのだ。

「その前に、私から訊《き》いてもいい？」

遠慮がちに尋ねると、水上が驚いた顔をした。長い睫毛《まつげ》を上げ、かすかに戸惑いの混じった口調で「どうぞ」と夕夏を促す。

訊きたいことは山ほどあった。

そして夕夏は、自らの口で、きちんと彼に問いたかった。

この一週間、ずっと考え続けていたことの答えを求めて、夕夏はゆっくりと口を開く。

「一つ、謝らないといけないことがあって」

「どうした？」

「私ね、この間の日曜日に、病院に行った」

病院、という言葉を発した途端、水上が「まさか」と目を見開いた。

「ごめんなさい。不安になって」

後を追いかけたんだ――という直接的な言葉が、罪悪感とともに口の中で押しつぶされる。

「……私といるときに急にいなくなったのは、緊急の呼び出しがあったからだったんだね」

先週の金曜日に彼が家から去った後、耳に残っていた低いバイブレーションの音。日曜日にカフェの柱の陰で誰かと電話をしていた後ろ姿。胸ポケットを押さえながら、慌てて夕夏から遠ざかっていった水上の行動を思い出す。

三鷹水陵会病院が救急患者を多く受け入れている大病院だということを、自身の入院経験を経て、夕夏はよく知っていた。

――私以外にも、いろんな人の命を救うために、働いてるの？

――うん。

吉祥寺のカフェで、戯れにそんな言葉を交わした。

あれは、そのままの意味だったのだ。

「日曜の早朝に連絡が来たのも、ほとんど徹夜だって話してたのも、病院に泊まり込んでたからでしょう」

「……そうか。もうバレてたのか」

水上がバツの悪そうな顔をして、暗い水面に視線を漂わせた。

「研修医さん、なんだよね」

「僕が若いから？」

「ううん。ライム色のスクラブを着てたから。入院してたときに、同じ服を着た研修医の先生が回診に来てね。同期三人でお揃いなんだって教えてくれた」

「ああ、山本綾乃かな。ちょうど脳外科に配属されてたから」

確かそんな名前だった、と回想する。担当医の柴田と一緒に病室にやってきた若い女性研修医は、母や翼にも朗らかに応対し、笑顔を振りまいていた。

水上俊介が、三鷹水陵会病院に勤める医師。その事実は、それまで夕夏が見ていた世界を大きく転換させる。

「面会時間外なのに病室に入ってこられたのも、そういうことだったんだよね」

「一般人にはできない芸当だからね。特に、君が最初に入っていた集中治療室《ICU》は管理が厳しい」

水上は諦めた表情で話した。「数か月前に、僕もローテーションで脳外科にいたんだ。柴田先生や担当の看護師とは顔見知りだった」

やっぱり、と唇を嚙《か》み締める。病室のベッド脇に、ふと現れた黒い服の青年。初めてその姿を目にしたときの驚きは、今もまざまざと胸に蘇《よみがえ》る。

「ということは、事前に教えてもらってたんでしょう」

「何を？」

「確定診断の結果。——手術中の迅速診断で悪性と診断されていた私の脳腫瘍が、本当は良性だったこと」

海を見つめている水上の顔が、大きく歪《ゆが》んだ。耐えきれなくなったように俯《うつむ》き、じっと目をつむる。

夕夏が集中治療室で意識を取り戻した、あの日。

自分の病状について尋ねると、担当医の柴田は暗い顔をしていた。「明日、正式な診断が出てからにしましょう」と手術の結果報告を保留し、重い足取りで病室を出ていった。

あの時点で、いったん悪性腫瘍《しゅよう》という結果が出ていたことは明らかだった。三鷹水陵会病院における迅速診断の正診率は九十パーセントを超えると断言していたのは柴田自身だ。プロの医師とはいえ、思わず素直な気持ちが顔に出てしまったのだろう。

ただ、九十パーセント以上の正診率を誇るというその言葉を裏返せば、やはり十パーセント近くは誤診があることになる。

十件中一件、あるかどうか。その確率は、決して低いものではない。

「私が知ったのは翌日だったけど、その日の夜遅く、確定診断の結果が出たんじゃないかな。迅速診断の結果が覆ったことに、柴田先生は驚いた。そして、そのことを水上さんに伝えた。柴田先生自身がそう信じていたせいで、患者の私も悪性腫瘍だと思い込んでいるだろうことも言い添えて」

「まるで見ていたかのように話すんだね」

「……そのときに水上さんが知ったことは、もう一つあった」

ようやくこちらを向いた水上の目を、夕夏は真正面から捉《とら》えた。

自分と水上の関係性を根底からひっくり返す言葉を、小さく開いた唇の間からそっと吐き出す。

「水上さんは、記憶を消してなんかいない。私が二年分の記憶を失ったのは、脳腫瘍という病気そのものの結果だったんでしょう」

二人の間に、冷たい海風が吹き過ぎた。

痛みをこらえるような顔をしていた水上が、ゆっくりと頷《うなず》く。

「そう、だよ」

喉《のど》から絞り出したような声が、夕夏の耳に届いた。

「君の脳腫瘍は、側頭葉にあったんだ。側頭葉には、記憶を司《つかさど》る海馬という器官がある」

手術後に目を覚ましたとき、傷口を塞《ふさ》ぐガーゼは右の側頭部に当てられていたことを思い出す。

「君が倒れて病院に運ばれた時点ですでに記憶が失われていたのか、手術で腫瘍を摘出する過程でそれが起こったのかは分からない。突然意識を失うくらい危うい位置に腫瘍ができていたわけだから、もともと脳をひどく圧迫していたんだとは思う」

「やっぱり、そうだよね」

水上俊介は、夕夏の記憶を奪ってなどいない。

つまり、手術後に意識を取り戻したときにはすでに、夕夏は二年分の記憶を失っていたことになる。

思い返せば、不自然なことはいくつもあった。

担当医の柴田は、夕夏が記憶喪失状態にあることを明らかにする過程で、夕夏のプロフィールに関する質問を投げかけてきた。その事実を宣告されたときだけでなく、前夜に夕夏が昏睡《こんすい》から目覚めたときにも、似たような問答を行っていた記憶がある。「年齢は？」という柴田の質問に対して極度にぼんやりとした頭で発した答えは、翌日と同じ「二十三歳」だったのではないだろうか。

職場で倒れ、丸三日以上意識を失っていたと聞かされたときも、まず心に浮かんだのは上司の後藤聡子や周りの先輩方の顔だった。水上と『取引』をした後に遡及《そきゅう》的に記憶が塗り替えられたのでもない限り、あの時点で馬場美南や持木絵里花といった後輩の存在を無視していたのはおかしい。

倒れた原因が脳腫瘍だと告げられたときもそうだ。病気の前兆など感じたこともなかったため、寝耳に水の話に驚いた。しかし、この話は後藤聡子の証言と矛盾する。夕夏が職場復帰する日の朝、近くのカフェで落ち合った後藤は、「河野さんが倒れる数か月前から、なんとなく体調が悪そうだなとは思ってたんだよね」と、頭痛薬を頻繁に飲んだり目眩《めまい》をこらえたりしていた夕夏の様子について語っていた。他人が見て分かるくらいだから、自覚症状は確実にあったはずなのだ。

腫瘍が悪性ではなく良性だったこと。

夕夏が二年分の記憶を失っていること。

この二つの事実を胸に、水上は夕夏が眠る集中治療室へと向かった。そして、命を助ける代わりに大切なものを一つ奪うという、悪魔との契約にも似た『取引』を持ちかけた。

「放っておいても、腫瘍が良性だったことは翌朝には分かったし、二年分の記憶はすでになくなっていたのにね。どうして水上さんは、自分が介在したように見せかけたのかな」

「それは」水上が再び、整った顔を歪めて俯く。

「ちょっと考えただけでは分からなかったんだけど――たぶん、水上さんの中で、どうしてもそうしなければならない理由があったんだと思う」

夕夏はいったん言葉を止め、海の向こうに輝く無数の白い光を眺めた。

周りにいるカップルたちの話し声は、もう耳に入ってこなかった。二人だけの世界が、目の前に広がっている。

もう一つの推測を語るには勇気が要った。きっと水上が今日告白しようとしていたことを、夕夏は自ら話し出す。

「ライム色のスクラブを着ていたってことは、水上さんは、今年の四月から働き始めた新人なんだよね」

「山本綾乃が言ってた？」

「うん」

吉祥寺のカフェで喋《しゃべ》っていたとき、大学名や学部をはぐらかされたことを思い出す。水上が情報を出し渋ったのは、学部名がそのまま今の職業に直結しているからだったのだ。

「医学部は、普通の学部と違って六年制でしょう。私は今、四年制の大学を卒業して、社会人三年目。ということは、水上さんと私って、もしかすると同い年なんじゃないかな」

浪人や留年をしていれば年上の可能性もあるが、おそらくストレートでここまで来たのではないか。

というのも——と口に出しながら、夕夏は横目で水上を見た。

「お姉さん、結婚してる？」

手すりにもたれていた水上が、双眸《そうぼう》をやや見開いた。わずかな沈黙の後、「してるよ」という囁《ささや》き声が返ってくる。

「苗字《みようじ》が変わる前は、水上桜子？」

「……うん」

「そっか」

脳内で思い描いていた相関図が正しかったことにほっとしながら、夕夏は手すりの上に置いた両手を組み合わせた。

何も、突飛な憶測をぶつけたわけではなかった。その可能性に気づいてから、病院のホームページを確認してみた。院長の苗字は、『岡』ではなく『水上』だった。水陵会という医療法人の名前の由来にもなっているのだという。

「どうして分かったの」

「岡さんが院長の娘さんだってことは、柴田先生から聞いたの。お祖父《じい》さんが理事長だってことも、私と同い年の弟がいるってことも。そうやって代々続いている大病院には、後継ぎがいそうなものだよね。でも、岡さんは看護師だから、たぶん病院を継ぐわけではない。だったら、すでに社会人として働いているという弟さんが、そうなんじゃないかなって」

院長の娘である岡桜子が看護師として勤務しているのだから、院長の息子も同じく父の病院で働いている可能性がある。そして、後継ぎであるからには、当然医師免許を持っているはずだ。

「私と同い年ってことは、最短で医学部を卒業したとして今年の新人。ということは、研修医の山本綾乃さんと同期だよね。スクラブの色を揃えるとき、山本さんたちは多数決を取ったんだって、一緒に回診に来た柴田先生が教えてくれた」

——今年の新人は三人いるんですけど、珍しく女性が二人なんです。だから、女性の意見が勝って、こういう可愛い色になっちゃったみたいですね。

「今年の新人に、男性は一人しかいない。だから、ライム色のスクラブを着ていた僕が岡桜子の弟——ってことか」

水上はかすかに苦笑した。「君が柴田先生とそんなに仲良くなっていたとはね」と意外そうに呟《つぶや》く。

「他にも、理由はあるけどね」

すっかり脱力した様子の水上に、夕夏はそっと右半身を寄せた。

海と地面を隔てる手すりの上にのせられている、白い手袋に包まれた彼の左手に、ゆっくりと自分の右手を重ねる。

ぴくり、と水上の肩が跳ねるのを感じた。

夕夏の冷えた右手に、初めて手を繋《つな》いだときのような温《ぬく》もりは伝わってこなかった。

水上が抵抗する様子はなかった。彼の左手を覆う白い手袋に、ためらいがちに指をかける。

「岡さんの弟さんは、去年交通事故に遭って……」

そう言いながら、手袋を外す。

一見、普通の手だった。しかし、よく見ると、そのベージュ色の表面はのっぺりとしていて、ほのかに光を反射していた。

その無機質な手の甲を見つめ、無言で唇を嚙《か》む。

予想はしていた。

やはり、白い手袋は、〝悪魔〟風の演出でも何でもなかったのだ。

「筋電義手《きんでんぎしゅ》っていうんだ」

水上はゴム製の手を動かしてみせた。手すりをつかみ、離すという簡単な動作を行ってから、恥ずかしそうに手袋を元に戻す。

「外科医になる夢を諦《あきら》めていない僕にとっては、大事な手だからね。使わないときは、こうやって保護してるんだ」

「腕……繫げなかったんだね」

「切断されたとはいえ、綺麗《きれい》な形で残っていればよかったんだけどね。トラックの下敷きになって、ぐちゃぐちゃになっちゃったから。去年といってももう二年近く前のことだけど、さすがにショックだったよ」

　生々しい言葉に、夕夏は思わず身を震わせる。それから、白い手袋に覆われているもう片方の手に目をやった。

「右手は無事だったの？」

「うん。片方だけだと変だから、両手につけてるだけ」

　水上は、手袋に包まれた右手の指を軽やかに曲げ伸ばしした。それから左手の義手を動かし、もう一度手すりをつかんでみせる。水上が過去に受けた傷の深さに圧倒され、勝手に手袋を外したことを今さらのように恥じている夕夏を、逆に元気づけようとしているようだった。

　いつだったか、夕夏が二年間もの記憶を失ったことを嘆いていたときに、「腕を一本とか、脚を一本とか、そういう激痛が伴う代償でもよかったんだけど」などと水上が言っていた。あのときは単なる脅しかと思ったが、そうではなかったのだ。

　腕を一本。それは、彼自身が生きるために払った〝代償〟だった。

「これ、やっぱり水上さんのでしょう」

　夕夏は肩から下げていた鞄《かばん》のファスナーを開け、一冊の本を取り出した。『悪魔の計らい』というタイトルがつけられた、まったく夕夏の趣味ではない、古典的ＳＦ風の作品が収録された短編集。

水上自身の境遇や、彼が夕夏に持ちかけてきた『取引』の内容にも共通するものがあった。表題作の主人公である貧しい音楽家は、思いを寄せる姫の心をつかむため、悪魔に脚を一本売り渡し、死ぬまでヴァイオリンを弾き続ける。

「……うん。昔から大好きな本だった」

水上が小さく呟いた。奥付の発行日が一九九三年となっていたことを思い出す。彼の親がこの本を買ったのだとすれば、水上は生まれたときからこの本とともに過ごしていたのかもしれない。

長い沈黙が二人を襲った。煌々《こうこう》と灯《あか》りをともした遊覧船が沖を通り、夕夏は無言のまま船の描く軌跡を眺める。近くで魚が跳ねたのか、ぽちゃん、という小さな水音がした。

ふと、空を見上げる。目をこらさないと見えないほどの明るさではあるが、都会の空にも星は瞬いていた。

「十歳の頃にね、妹を亡くしたの」

終わりの見えない静寂にピリオドを打ったのは夕夏だった。水上はやや首を傾げ、澄んだ瞳《ひとみ》をこちらに向ける。

「家族が死んだ、っていう単純なものではなくて。双子だったから、まるで自分の身体の一部を持っていかれたみたいだった。あの子じゃなくて、私が死んでしまえばよかったのにって思ったことは何度もある。でも、そのたびに考え直してきたの。星羅が死んだ事実はもう変えられない。だから、自分の命が助かったことだけでも感謝しなきゃいけない。私がこうやって生きているのは、あの日星羅が犠牲になってくれたからなんだ、あの子の分まで精一杯生きるのが私の使命なんだ、って」

だからね——と、夕夏は続ける。

「仮に、私の目の前で交通事故に遭った人がいたとして。その人が大怪我をして、片方の腕を失って絶望していたとして。そしたら私は、必死になってこう呼びかけてしまうと思うの。『失った腕の代わりに、生きられるんだよ。あなたが今生きているのは、腕が犠牲になったおかげ。その分まで生きよう。一緒に頑張ろう』って」

「思い出したの？」

水上が目を大きく見開き、唇をわななかせた。

その顔を見て、やっぱり、と思う。

水上が病室に現れた夜、彼を初めて見る人間だと思い込んだ。だが、そのときすでに、夕夏は丸々二年分の記憶を失くしていたのだ。

月曜に出勤してすぐ、菊池克樹を問いただしたことを思い出す。

菊池は額に汗を浮かべながら謝った。一年ほど前から、夕夏と趣味が合うことに気づき、だんだん恋心を抱くようになっていた、と。

しかし、すぐには手を出せない状況だった。もどかしい日々が続いていた。そんなとき、夕夏が脳腫瘍《のうしゅよう》で倒れた。復帰後の夕夏は二年分の記憶を失っていて、その周りには家族や職場の同僚以外の影がなかった。そのことを悪用して、とんでもない嘘をついた。

夕夏の記憶が戻り、本来の人間関係が復活してしまう前に、少しでも距離を縮めておこうと焦っていた――。

「この本が好きだった水上さんには、私の言葉、どう聞こえたのかな」

手に持っている本の、悪魔とヴァイオリンが描かれた写実的な表紙に目を落としながら、夕夏はそっと呟いた。

また、立ち尽くす二人の間に時が流れた。

「長い間、隠しててごめん」

水上が深く頭を垂れる。

「今日、きちんと説明して、許してもらえるかどうか訊《き》こうと思ってたんだ。こんな形でバレてしまったのは、僕の落ち度だ」

ううん、と夕夏は首を左右に振る。水上が隠していた秘密を、尾行などという真似をして暴いてしまったのは夕夏のほうだ。

「もう、分かってるよね」

透き通るような声を放った水上が、夕夏をまっすぐに見つめた。

やはり似ている、と思う。

ぱっと目を引く顔立ちをした岡桜子と、弟の水上俊介。

記憶を失くした当人以上に悲しそうな顔をしていた看護師と、夕夏に会うたびに苦しげに顔を歪《ゆが》めていた不思議な美青年。

「うん。だから岡さんは、私に優しくしてくれたんだよね。一人の患者として、ではなく」

診察室で聞いた柴田先生の言葉が、ふと耳に蘇《よみがえ》った。

――それどころか、事故のときに病院まで付き添ってくれた通行人の女性と、来月結婚するそうで。

水上俊介と、冷たい風に吹かれながら見つめ合う。彼はふっと笑みを漏らし、視線を横に流した。

「そう。……君は、僕の婚約者だったんだ」

*

あの日の朝、俊介はいつの間にか車道に倒れ、はるか上の青空を見上げていた。

まだ年が明けたばかりの、寒い日のことだった。冬休み気分が抜けず、まだ少し人々が浮かれている街で、俊介はいつの間にか道路に寝転がっていた。

クラクションを鳴らしながら、横たわった身体のすぐそばを車が駆け抜けていく。

「危ない！」

女性の甲高い叫び声がおぼろげに聞こえた。脇を抱え上げられた瞬間、全身を焼けた鉄の棒で力いっぱい殴られたかのような激痛に襲われた。のたうち回る俊介を、黒っぽい服を着た女性がよろめきながら引きずっていく。

行きついた先は歩道だった。自分が着ていたグレーのコートが夥《おびただ》しい量の血液にまみれているのに気づき、俊介の視界が白くかすむ。

気がつくと、激しく揺れ動く狭い車内にいた。

呻《うめ》き声が口から漏れる。救急隊員は、しつこく俊介の名前や住所を訊いてきた。意識の有無を確認するためと分かっていても、喋《しゃべ》り続けるのはつらい。全身を蝕《むしば》む痛みは消えず、俊介は右へ左へと身をよじり続けた。

「水上って、もしかして、水陵会病院の」

救急隊員の声に、無言で頷《うなず》く。左腕全体があまりに痛かった。感覚も麻痺《まひ》していて、指先を動かすことができない。そのことを救急隊員に伝えると、困惑した顔をされた。

必死に首を捻《ひね》り、担架に寝転んだまま自分の左半身を見下ろす。グレーのコートの袖《そで》が真ん中から引きちぎれ、丸まった腕の先が包帯で括《くく》られている光景に、俊介は再び頭を殴られたような衝撃を覚えた。

半狂乱になりながら、「腕は！」と救急隊員に向かって叫ぶ。「落ち着いて」と声をかけられたが、平静でいられるわけがなかった。

昔から、祖父や父と同じ脳外科医になるのが夢だった。手が使えなくなってしまったら、夢が叶《かな》わなくなってしまう。

あと一年で卒業だったのに。こんな痛くて苦しい思いをするなら、もう命なんかどうでもいい。死んだほうがましだ。いますぐ降ろしてくれ。僕はここで死ぬんだ。死ぬんだ。死ぬんだ。死ぬんだ。死ぬんだ。死ぬんだ――。

わけも分からず叫び続けるうちに、意識が遠のいていった。目から涙がこぼれ、頬を熱く濡《ぬ》らす。

そのうちに、見知らぬ女性がこちらを覗《のぞ》き込んでいるのが視界に入った。焦点の合わない中で、懸命にその可憐《かれん》な女性を見つめる。

「――腕の代わりに――生きて――」

大人しそうな印象の彼女が必死に叫んでいる言葉が、断片的に俊介の耳に届いた。

誰だろう、この人は。

黒っぽい服を着ている。車内の青白い光の中で、彼女は一人だけ浮き上がって見えた。

ああ、あの大好きな短編に出てくる悪魔のようだ。

僕の腕を奪って、それで――。

命を、助けてくれるんですね。

それなら、悪魔じゃない。この女性は、瀕死《ひんし》の僕のそばに舞い降りた、女神のようなもの。

意識を取り戻したとき、俊介の身体には無数の管が繋《つな》がっていた。

ベッド脇に座っていた母が小さく叫び声を上げ、瞬く間に父や姉が仕事着のまま駆けつけてくる。三鷹駅近くの大通りで、信号無視のトラックに跳ね飛ばされたのだと父が教えてくれた。

幸い、全身の怪我はそれほど重傷でなかった。ただし、左腕の再接着はできなかったということを父の口から告げられた。この病院で一番優秀な外科医が執刀に当たったが、元の腕が原形をとどめていない状態ではどうしようもなかったらしい。

いい義手を探そう、と父はその場で約束した。頷くと同時に、また視界がぼやけた。

数日後、集中治療室から一般病室に移された俊介は、ベッドの上でまどろんでいた。

「俊介を助けてくれた女の人が、お見舞いに来てるよ」

近くで姉の声がして、目を開けた。

廊下から連れてこられたのは、シンプルな紺色のワンピースを着た女性だった。

「眠っていらっしゃったなら、今日は大丈夫です。お見舞いの品を持ってきただけですから」

ベッド脇に座ってゆっくり話してください、という姉の申し出を固辞し、無表情の女性は遠慮がちに病室を出ていこうとする。俊介は上半身を起こして右手を伸ばし、逃げようとする〝女神〟の腕を捕まえた。

「退院したら、お礼をさせてください。お願いします」

そうでないと、もう二度と会えなくなりそうだった。彼女は驚いたように黙っていたものの、俊介の依頼どおり、病室にあったメモ帳に連絡先を書いた。

河野夕夏、という丸みを帯びた丁寧な文字が、白い紙の上に残された。


平日の朝、横断歩道に大型トラックが突っ込む。

通行人が呆然《ぼうぜん》として事故現場を見守る中、交差点のど真ん中に投げ出された俊介に、危険も顧みずに駆け寄った女性がいた。

通過する乗用車を避けながら、痛みにのたうち回る俊介を歩道へと引っ張り、自らも血まみれになりながら救急車を呼んだ。連れのいなかった俊介のために救急車に同乗し、病院で家族に引き渡すまで俊介を見守った。

その場にいた誰よりも勇敢で、優しく清らかで、そして繊細な心を持っている女性。

それが河野夕夏だ、と姉は語った。


夕夏は、控えめで淡白な性格をした女性だった。

姉と会話していた受け答えが大人びていたから、同い年と聞いて驚いた。地方銀行員一年目、趣味は読書と映画鑑賞。あまり俊介の周りにはいなかったタイプだ。看護師とも、女医とも違う。

「私なんかが」というのが彼女の口癖だった。何かと理由をつけて、俊介がお礼の機会を設けるのを断ろうとする。それを押し切って、俊介は夕夏を誘いだした。ちょっと背伸びをして、新宿のお洒落《しゃれ》なレストランに。社会人の彼女は動じないだろうと思ったが、休日はほとんど家から出ないという彼女はレストランに入った瞬間から面食らっている様子だった。

愛想笑いを浮かべることもなく、口数も少ない。食事中の会話も、ほとんど俊介主導で進んだ。男性に奢《おご》られることに慣れていないのか、会計のときも半分出すといってなかなか聞かなかった。

そんな彼女がこらえきれずに少しだけ笑ったのが、別れ際に俊介が『悪魔の計らい』の話をしたときだった。

「黒っぽい服だから、悪魔に似てると思ったの？　出勤途中だったから、黒いコートとスーツを着てただけだよ」

それまでずっと敬語を使っていた彼女が、堅苦しい言葉を崩した瞬間だった。

「女神なんて大げさな。幻覚だよ。腕を奪う代わりに命を助ける、なんてファンタジーみたいなこと、私全然言ってないし」

だが、俊介は知っていた。一見冷淡に見える彼女が、本当は誰よりも勇敢で、優しく清らかで、繊細な心を持っていることを。救急車の中で見た神々しく強烈な第一印象が、彼女の謙遜《けんそん》一つで消えるはずもなかった。

「今度会うときに、本を貸すから。面白かったかどうか教えてよ」

無理やり二回目の約束を取りつけようとする俊介を前に、河野夕夏は戸惑ったような顔をしていた。彼女の趣味が読書だったことが幸いして、俊介の目論見《もくろみ》は成功した。三回目の食事のときに、読み終わった本を持ってきた彼女は、「けっこう面白かった」と口にした。「表題作が一番好きかな。水上さんが、あの優しい悪魔と私を重ね合わせてるのは、ただの妄想だと思うけど」

苦笑する彼女に、俊介は再び本を押しつけた。「これは河野さんが持っていてほしい」と。彼女は迷った末、その要望を受け入れ、本を家へと持って帰った。

河野夕夏が時たま見せる笑顔が、俊介は好きだった。いつも無表情なこの人をもっと笑わせたい、と願った。その心の奥に何があるのか、悟ったような物言いの裏にはどんな生い立ちが隠れているのか。気がつくと、強く興味を引かれていた。

自分を助けてくれた女性との恋愛に、いつしか俊介はのめり込んでいた。左腕を失ったことで脳外科医の夢は諦《あきら》めざるをえなくなったが、それさえも河野夕夏に出会うための必要な犠牲だったのだと、次第に割り切れるようになった。

やがて俊介は夕夏に思いを告げ、二人は交際を始めた。桜が満開の、四月の上旬のことだった。

付き合って一年ちょうどの記念日に、俊介は夕夏にプロポーズした。医師国家試験に合格し、大学を卒業した直後だった。

「私なんかでいいの」と、そのときも彼女は尻込《しりご》みした。自立心も警戒心も強く、清楚《せいそ》な外見や仕事の実力に対してなぜか自己評価が低い。そんな彼女に結婚を申し込むのは緊張した。年齢的にも早いとは感じたが、俊介にしてみれば、結婚相手はもはやこの大恩人以外に考えられなかった。

すんなり受け入れてはもらえないかもしれない、という俊介の懸念は半分当たってい て、正式な返事をもらうまでには時間がかかった。やきもきしていた俊介のところに、「こんな私でよければお願いします」と夜遅く電話がかかってきたのは、プロポーズから一週間後のことだった。

同じ四月から、俊介は三鷹水陵会病院に勤務し始めていた。二年間の臨床研修中は別の大学病院で学ぶことも考えてはいたのだが、失った左腕に筋電義手をつけて治療に臨む以上、最初から理解のある場所で働いたほうがトラブルを起こさずに済みそうだった。

あの事故のときに出会った女性と結婚すると話すと、両親も姉も心から祝福してくれた。左手に障害を負った俊介のことを、彼女なら一生懸命支えてくれるだろう。両親はそう言って喜んだ。

ただ、姉にはちょっとした横槍《よこやり》を入れられた。

「話を聞いてると、夕夏ちゃんって大学生のときから親元を離れて暮らしてるし、すごくしっかりしてるでしょう。俊介が甘えてばかりじゃダメなんだからね。夕夏ちゃんの仕事の悩みを聞いてあげるとか、苦しいときに支えてあげるとか、たまには俊介もいいところを見せなきゃ」

既婚者の姉の意見は貴重だった。確かに夕夏は仕事のことを普段話さない。長野のどかにあるという実家に帰りたがらないどころか、高校卒業と同時に縁を切ったと言い張り、その理由も話してくれたことがない。一緒に過ごしていて居心地がいいし、家庭を築いていくパートナーとしても安心感があるのは確かだが、夕夏が俊介に対して真の意味で心を開いているかは疑問だった。

どうやったら頼ってもらえるようになるのだろう。

姉の言葉が引っかかったまま、俊介は夕夏とともに結婚に向けての準備を着々と進めていった。

入籍は十月、式は来年の三月。

すべては順調に進行している――はずだった。

二〇一八年八月十七日、金曜日。

日付が変わる前に病院を出ようと帰宅準備を始めていた俊介のもとに、同期の山本綾乃から着信が入った。

「河野夕夏さんって知り合い？」と、その日救急外来の当直に入っていた山本は切羽詰まった口調で問いかけてきた。「夕方に救急車で運ばれてきて、今緊急オペに入ってる患者さんなんだけど。病院に到着したとき、朦朧《もうろう》とした状態で水上くんの名前を何度も呼んでたから」

顔から血の気が引く、という現象を物理的に体験したのは初めてのことだった。慌てて手術室に駆けつけたが、すでに執刀が始まってから何時間も経っていて、入ることはできなかった。患者が知り合いだと話し、手術中の迅速診断の結果を教えてもらったときには目の前が真っ暗になった。悪性脳腫瘍《のうしゆよう》というその響きは、あまりにも重すぎた。

十一時間にも及ぶ手術の後、眠っている夕夏の顔を見ることが許された。

俊介が交通事故に遭ったときと、立場がまるっきり逆になってしまった——。

そう考えてから、首を左右に振って打ち消す。

あのときは、まだ二人は赤の他人だった。

今は違う。夕夏は、俊介が誰よりも大切にしている、世界でたった一人の婚約者なのだから。

河野夕夏が目を覚ました。

脳腫瘍は良性だった。

ただし、二年間の記憶が丸々飛んでいる。

執刀医の柴田隆久から状況を聞かされたとき、ひどく頭が混乱した。すぐにでも夕夏の病室に飛んでいこうとして、その場に同席していた父に制止された。

彼女はお前のことをまったく覚えていない。

忘れた記憶を思い出そうとすると心身に不調をきたす兆候がある。

今の状態で、お前が婚約者だと名乗り出たら最後、どんなパニック発作を起こすか分からない。

だから、彼女の記憶が戻るまでは、絶対に近寄るな。

放心状態の俊介に、厳しい院長命令が下された。「会ったところで、お前もつらいだけだ」と言い残し、柴田や周りの看護師にも口止めをしてから、父は寂しげな足取りで医局を出ていった。


再来月に入籍する予定だった夕夏が、自分のことを忘れてしまった。

そんなことがあるだろうか。顔を見れば、思い出すのではないだろうか。「あ、俊介」といつもの抑揚のない声で呼びかけてくれるのではないだろうか。だって、自分たちは、あれほど長い時間を一緒に過ごしてきたのだから。

そんな望みがどうしても捨てられなかった。

だから俊介は、父の目を盗んで、夜中にこっそり集中治療室を覗《のぞ》きにいった。婚約者だと告げるつもりはないと約束すると、柴田や看護師は俊介の行動を黙認してくれた。

夕夏に気づかれないよう、ライム色のスクラブを脱ぎ、目立たない私服に着替えた。

この日はたまたま、黒を基調とした服を着ていた。

ディスプレイが光る集中治療室のベッド脇で、寝ている夕夏を見守った。

本当は、すぐに立ち去るつもりだった。

だが、彼女の頬に涙の跡を見た瞬間、靴の裏が床に貼りついたようになり、そこから動けなくなった。

「……夕夏」

聞こえないと分かっていながら、小さな声で呟《つぶや》いてみる。

どれくらいの時間が経っただろうか。

俊介はふと、夕夏が目を開けていることに気がついた。

ぼうっとした表情で、俊介のことを見つめている。

しかし夕夏は、俊介の名を呼ぼうとしなかった。いつものようにかすかな愛情を瞳《ひとみ》に映し出すことも、薄い唇をふわりと緩めることもしない。記憶を失った彼女は、混乱と怯《おび》えの入り混じった目で、見知らぬ侵入者を凝視していた。

その瞬間——底知れぬ恐怖感が、俊介を襲った。

記憶が戻るまでは彼女に近づくな、と父は命じた。

だが——もし、夕夏の記憶が一生戻らなかったら？

俊介を搬送する救急車に同乗したことも、二人でデートを重ねたことも、交際を始めたことも、プロポーズを受けたことさえも、すべての記憶が失われたままになったら？

俊介は、夕夏の職場の同僚でも、地元の友人でもない。そして夕夏は、居酒屋で隣の席になったとか、道で声をかけられたとか、その程度のきっかけで異性に心を許すような女性ではない。

夕夏の目の前で俊介がトラックに跳ね飛ばされた、あの奇跡的ともいえる交通事故がなければ、生真面目で遠慮がちな彼女が俊介に心を許し、やがて交際や結婚の申し込みを受け入れることもなかったのだ。

赤の他人に逆戻りした今——自分は、この先ずっと、夕夏に思い出してももらえない存在になるのか？

夕夏の愛を取り戻すどころか、彼女に接触することすらできず、別々の道を歩んでいかなくてはならないのか？

それは嫌だ。

強い思いが、俊介の中で長い遠回りをして放出される。

「泣いていたの」

赤の他人を装って、夕夏に尋ねた。いや、あえて演技しなくとも、この瞬間の彼女にとっては、俊介は紛れもなく生まれて初めて会う人間なのだった。

震える彼女の瞳を覗き込む。

そのとき——ある邪《よこしま》な考えが、稲妻のように頭に浮かんだ。

これだ、と直感する。

交通事故と同じくらいのインパクトとありったけの非日常性、そして俊介の切実な祈りを、夕夏の心に強制的に送り込む方法。

「知ってるよ。もうすぐ、病気で死んでしまうかもしれないんだよね」

無我夢中で言葉を続けた。

交通事故のときに助けてくれた夕夏のことを、俊介に〝女神〟だと錯覚させる原因になった、あの短編。

「僕と取引をしないか」

その内容を思い出しながら、婚約者としての自分を偽っていく。

——夕夏。

お願いだから、そのまま僕を忘れないでくれ。

理由は何でもいいから、君のそばにいさせてくれ。

「君の命を助ける。その代わりに、君の最も大切なものを一つ奪う」

夕夏は明日、二年間の記憶を失っていると柴田に告げられたら、ひどく取り乱すに違いない。腫瘍《しゅよう》が良性だったことに安心したとしても、記憶喪失になったという大きな衝撃は残る。

夕夏が絶望の淵《ふち》に立たされないよう、今ある情報を利用して彼女の認識を操作し、ショックを和らげる行為のどこが、悪いといえるだろう？

「取引成立、だね」

君は、腕を奪った代わりに、僕の命を助けた。

それなら僕は、記憶を奪う代わりに、君の命を助ける。

「あの短編に出てくる悪魔は……水上さんみたいだった」

――本当は、普通の人間の男として、そばにいたいのに。

「ルールは守らないといけないからね」

――素性を明かさないという約束なんか、しなければよかった。

「やると決めたら最後まで突き進んでしまう性格でね」

――本当は、早く終わりにしたくて仕方がない。

「彼、やっぱり私の恋人だったんだって」

――抜け駆けしようとする男は、誰だ？

「何より、裏に大きな桜の木があるのがいい」

――あのアパートには、数えきれないほど遊びにいっていたんだよ。

「仕方ないよ。生きるためには、時に大きな代償が必要なんだ」

——つらい思いをするのは、僕だけでよかったのに。

「僕には、まだ確証がないから」

——君が以前と変わらず僕を愛してくれているという確証が、ね。

ただ、思い出してほしかった。

俊介と夕夏の二人で長い時間をかけて育《はぐ》んだ、『最も大切なもの』を。

＊

「許してくれるかな」

水滴が一つ、地面に向かってまっすぐ落ちるように、水上俊介は小声で呟いた。

その言葉で我に返る。唇を一直線に結んでいる水上は、呼吸を止め、苦悶《くもん》に満ちた目でこちらを見つめていた。手すりに置かれた右手の指先が、小刻みに震えている。

「えっと、許すとか、許さないとかじゃなくて」

夕夏は慌てて口を開く。津波のように押し寄せてきた二年間の出来事を消化しきれず、未《いま》だ脳内が氾濫《はんらん》していた。しかし、過去のことを思い出そうとするときに必ず起こっていた、あの拷問のような頭痛は不思議とない。

水上の話を聞き終わり、夕夏の胸に残った感情は、ほんのささやかな安堵感《あんどかん》だった。

「……よかった」

「え？」

「馬場さんや持木さんが言ってたこと、やっぱり嘘じゃなかったんだ」

「職場の後輩たちだっけ」

「そう。最近の私が、バレンタインの日に綺麗《きれい》な紙袋を持ったまま帰っていったり、クリスマスに急いで帰宅したりしてたよ、って」

思いつめた顔をしていた水上が、途端に表情を和らげる。

「職場には結婚してから伝える、ってあんなに言い張ってたのに。注意深そうに見えて、意外と周りには察されてたわけか」

水上の語る『河野夕夏』の姿には、驚くほど違和感がなかった。

目の前で交通事故に遭った男性を、土砂崩れのときにお兄さんがそうしたように、無我夢中で救助した。腕を失くして絶望している怪我人を、星羅が死んだときのことに重ねあわせ、我を忘れて叱咤《しった》した。そのくせ、見知らぬ男性への恐怖感からか、お礼の食事は全力で断ろうとした。交際を始めた後も秘密主義を貫いて、恋人がいるという事実を周りに一切言おうとしなかった。

——よく知ってるね。

――君のことなら大抵。

これまでに幾度か交わした会話を思い出す。水上は、夕夏のそんな性格まですべて見通していたのだろう。

「こんなに遠回りしなくてもよかったのに。……婚約者だって、言ってくれればよかったのに」

「言えるわけないよ。頭痛とかパニック発作だけの話じゃなくて、君のことをよく知っているからなおさらね」

水上が目をつむり、ゆっくりと首を横に振る。

「……いや、別に君に限った話でもないんだ。恋とか愛っていうのは、事実を告げられたからといって『ああそうですか』って受け入れられる類《たぐ》いのものじゃないだろ。僕が婚約者だと名乗り出たとして、君がそれを他人事《ひとごと》のように感じてしまった時点で、僕らの関係は破綻《はたん》してしまう。それ以上愛を育めないどころか、ひょっとすると君は僕に騙《だま》されているかのように感じてしまうかもしれない。君の人生を罪悪感や義務感で縛るのは、絶対に嫌だった」

夕夏の脳内に、いつかの菊池克樹の言葉が蘇《よみがえ》る。

――その彼氏だって、言うに言えないよな。記憶喪失になった彼女が、自分のことを全然好きになってくれなかったらと思うと、怖くて怖くて仕方ないもん。だから名乗り出ないいんだよ。臆病《おくびょう》なんだ。

──きっと、様子を窺《うかが》ってるんだよ。彼女が記憶を取り戻すことを願って、今は距離を置いてるんだ。記憶を取り戻した暁には、自分のところに帰ってきてくれるんじゃないかと信じながらね。

同じ男性だからこそ、だろうか。あのときの菊池は、水上の気持ちをそっくりそのまま言い当てていたのかもしれない。

「だから僕は、再チャレンジするしかなかった。あの交通事故並みの〝きっかけ〟を無理やり作り上げて、君にとっての僕を〝劇的に気になる存在〟へと昇華させた。そうして、僕らの関係をゼロからやり直した」

「それが、〝アフターフォロー〟」

「うん。要は、試したんだ。僕と何度も顔を合わせるうちに、君の記憶が戻るかどうか。もし戻らなかったとしても、せめて君がもう一度僕を好きになってくれるかどうか」

「でも、〝悪魔〟なんて名乗らなくてもよかったのに。普通の人間じゃないのかもしれないって、ずっと疑ってたんだよ」

夕夏がやや口を尖《とが》らせると、水上は「ああ」と頭に手を当てて苦笑した。

「正直、あれはやりすぎたね。君に興味を持ってもらうという意味では大成功だったけど、恋愛対象として見られるかどうか以前に、人間かどうかという壁を自らこしらえてしまったわけだから。後先考えてなかったんだ」

「……バカみたい」

「ええっ、バカって何だよ。ひどいなあ」

そのまま、頬の緩んだ顔で見つめ合った。直後、こらえきれなくなって、同時に噴き出す。

二人は声を出して笑った。息が続かなくなると、また短く吸って笑い続けた。

これほど朗らかな水上の笑顔を見るのは初めてだった。お腹が痛くなるまで笑ったのも、いつぶりか分からない。

「夕夏」

ひとしきり息を吐きだした水上が、不意に真剣な顔をした。突然下の名前で呼ばれ、夕夏の胸はドクンと波打つ。

「今日、わざわざ横浜まで呼び出した理由、知りたくない？」

「理由？」

そういえば、聞いていなかった。夕飯を食べたレストランは美味《おい》しかったけれど、都内にも店舗があると水上自身が言っていた。

思考を巡らせていると、水上が「目をつむって」と囁《ささや》いた。動揺しながらも、言われたとおりに両目を閉じる。

左手が持ち上がる感触があった。手袋を外したらしい水上の指が、夕夏の薬指をゆっくりとなぞる。

「もういいよ」

はっとして目を開けた。自分の左手を見下ろす。

予期していたものは、そこにはなかった。

何もついていない夕夏の左手の薬指に、水上が自身の親指と人差し指を当てている。

「今年の四月にね、ここでしたんだ。プロポーズを」

背の高い水上を見上げる。彼は優しく微笑み、夕夏の指へと目を落とした。

「そのとき渡した婚約指輪は、すでに夕夏が持ってる」

「えっ」

「『失くさないようにクローゼットの奥にしまっておいた』って言ってたから、今もそこにあるんじゃないかな」

「嘘」

「だから、今日アパートに帰ったら、探してみてほしい」

そう言うと、水上は大きく息を吸った。再び真剣な表情を作り、はっきりとした声で言葉を送り出す。

「僕と結婚してください」

霧が晴れたように、周りの音が耳に入ってくる。今日が土曜日で、ここがみなとみらいの海のそばだということを、夕夏は唐突に思い出した。近くにたむろしている大勢のカップルたちが、好奇の目をこちらに向けている。

途端に耳が熱くなった。足の下のほうでコンクリートにぶつかる波の音や、どこか遠くで鳴っているBGMが、大きなうねりとなって夕夏の中に入り込んでくる。

「もちろん、返事は今すぐじゃなくていいよ。前回も、一週間かかったわけだから。一週間でも、一か月でも、一年でも——」

「お願いします」

自分でも驚くほど滑らかに、答えが口から出た。

あの夜、彼に持ちかけられた『取引』に身を委《ゆだ》ねたときのように、何の疑いもなく。

水上は夕夏の左手を握ったまま、目を大きく見開いた。

「え、いいの?」

彼に似つかわしくない、素っ頓狂《とんきょう》な声が漏れる。思わず笑みを漏らしながら、夕夏は小さく頷《うなず》いた。

「……うん」

次の瞬間、夕夏の顔は水上の胸にうずもれていた。

強い力で抱き寄せられたのだと気づき、慌てて身をよじる。しかし、彼が力を緩める様子はなかった。

ひゅーひゅー、と囃《はや》し立てる声が周りから聞こえる。パラパラとした拍手と、おめでとう、という野次馬たちの明るい声が飛び交った。

「ああ、もう、本当によかった!」

頭上で、誕生日を迎えた子どものようにはしゃぐ水上の声がする。

「ずっと不安だったんだよ。あのまま同僚の男に取られるんじゃないかって。夕夏はもう僕のところに戻ってこないんじゃないかって。僕はいつまでバカな演技を続けるつもりなんだろうって。ああ、もう、腰が抜けそう！」

今までの穏やかな仮面はどこに行ったのかと可笑《おか》しくなってしまうほど、彼の声は弾んでいた。それでいて、半分涙声のようにも聞こえる。

野次馬たちの歓声は続く。夕夏は真っ赤になりながら、水上の腕の中で思い返した。

――彼と病室で『取引』をしてから、今までのことを。

思えば、不思議なことはいくつもあった。

初対面の人間になかなか気を許さないはずの自分が、水上俊介に対しては、最初から敬語を使わずに喋《しゃべ》っていたこと。

人間かどうかも分からず、素性に関する情報もほとんどないのに、気がつくと水上に心惹《こころひ》かれていたこと。

吉祥寺のカフェで、水上に期待と祈りのこもった目で見つめられたとき、彼が夕夏に二年間の出来事を思い出させようとしているという自覚がなかったにもかかわらず、急に頭が痛くなったこと。

自分の脳のどこかに、失われた二年間の記憶は残存している――のかも、しれない。

「……『取引』は、失敗かもね」

そう呟《つぶや》くと、水上がようやく夕夏から手を離し、「え？　何？」と訊《き》いてきた。夕夏は「なんでもない」と微笑み、海を背にしてゆっくりと歩き出した。
もう、記憶が戻ってこなくてもいいかな——と、夕夏は思う。
この先、何があっても、自分は強く生きていける。
だって、
——それを上書きできるだけの想い出が、手に入ったから。

エピローグ

——ねえ、夕夏。

——なあに、星羅。

——私たち、もし将来結婚することになったら、誰よりも先に、旦那《だんな》さんを紹介しあおうね。

——うん！

＊

ねえ、今の見た？　という興奮した声で起こされた。

「さっき通り過ぎたとこ、桜が満開だったよ。こっちは今がピークなんだね」

「すごい速さで走ってるのによく見えたね」

「ぱっと目に入ってさ。それくらい綺麗《きれい》だったんだよ」

都会から出たことのない小学生のように目を輝かせながら、俊介が窓を指差している。

新幹線はすでにトンネルに入っていて、外の景色はまったく見えなかった。俊介が残念そうに項垂《うなだ》れる。

「またトンネルか。このへんは山が多いなあ」

「しょうがないよ。山と川くらいしかない土地だから」

「信州《しんしゅう》そばも信玄餅《しんげんもち》もあるじゃないか。おやきも、野沢菜も」

「やけに詳しいんだね」

「調べてきたからさ。河野家の皆様に失礼があったらいけないし」

「そんなこと気にする人たちじゃないと思うけど」

他愛もない会話をしながら、新幹線の揺れに身を任せた。目指す上田駅までは、あと十五分ほどだ。帰省するのは正月ぶりだった。俊介と二人で帰るのは、初めてのことだ。

「そういえば、最近仕事はどう？」

ふと尋ねられ、夕夏は懐かしさを覚えて苦笑した。

「いつかの〝アフターフォロー〟みたい」

「そのことはもういいって」

俊介がバツの悪そうな顔をする。「ごめんごめん」と笑いながら謝り、夕夏は彼の質問に答えた。

「特に問題なくやってるよ。関わる人もいろんな支店からの寄せ集めだし、プロジェクトの取り組み自体、前例がないことだし」

「二年間の遅れを気にせず、自由にやれるわけか」

「部署で一番年次が下だから、やらされ仕事ばかりだけどね。でも、ずいぶんと気は楽かな」

　昨年十二月から配属された本部の新規プロジェクトチームは、夕夏にとって居心地のいい場所だった。メモを見返しながら勘定系システムを必死に操作する必要もなければ、自分の記憶を疑うあまりにお客様を待たせて迷惑をかけることもない。経験値が足りない自分が本部配属になったことにはまだ引け目があったが、周りの人間は誰も気にしていないようだった。

　かといって、二年分の記憶を取り戻そうともがいたあの三鷹支店での三か月間が無駄だったかというと、そんなことはない。

「今度、馬場さんや持木さんと、休日にランチに行くんだ」

「へえ、後輩たちと。いつの間にそんなに仲良くなってたの？」

「ちなみに、後藤代理も来られるかどうか調整中」

「お、女子会ってやつだね」

　同じ支店で働いていたときもなかなか外にお昼を食べに行けなかったから、と馬場美南が誘ってくれたのだった。持木絵里花の憧《あこが》れだった『丸の内ＯＬの二千円ランチ』を味わいに行くという企画らしい。

　夕夏は記憶を失くしたことで、自分の欠点に気づき、彼女らと同じ目線で物事を見ることができるようになった。ああやってじっくり向き合う機会のないまま本部へと異動していたら、彼女らとの関係はあっさり切れていただろう。仕事はできるが後輩に手厳しい先輩、として恐れられたまま終わっていたはずだ。

女子会を心から楽しみにしている自分がいる。長いあいだ心を閉ざしていた夕夏にとって、それは新たな春の訪れともいえた。

菊池克樹とも、たまに連絡を取っていた。本部の新設部署に異動した夕夏を羨《うらや》ましがっている同期が大勢いるといって、『情報交換会』と称した同期飲みに誘ってくれることがあるのだった。最初は少し警戒していたのだが、「河野さんって女子大出身だよね？　女友達を紹介してよ」などとわざわざ言ってくるあたり、彼の中ではもう吹っ切れているらしい。自分が彼氏だったという嘘をついたことを、菊池は心から反省しているようだった。

――怒らないでほしいんだけどさ。河野さん、記憶喪失になる前より、すっきりした顔してる。

一か月ほど前に『情報交換会』で会ったとき、菊池にそんなことを言われた。その言葉を聞いて、はっとした。水上俊介と婚約中という意味では、倒れる前も今も状況は同じはずだ。ところが、今の夕夏のほうが明るい表情をしているのだという。

実家を飛び出してから、一人で生きよう、自立しようという気持ちばかりが先走っていた。恋人の水上俊介にさえ、甘えることができていなかった。そんな自分は、大きな

〝淋《さび》しさ〟を抱えていたのではないか。

記憶を失って、家族や同僚に頼らざるをえない状況に放り込まれた。その経験が自分の表情をわずかに変えたのかもしれない――と、夕夏は密《ひそ》かに推測している。

新幹線が佐久平《さくだいら》駅のホームに滑り込んだ。

「ああ、あと一駅か。緊張してきたな」

俊介が、白い手袋をはめた両手をこすりあわせる。「俊介ならそつなくこなせるでしょ」と夕夏が指摘すると、「意外とガチガチになるかもしれないよ」と彼は冗談っぽく言った。

先月、俊介の家族と会った。挨拶《あいさつ》に行くのは二回目だという話だったが、記憶を失っている夕夏にとっては初めても同然だった。そのときの夕夏は、とても見られたものではなかったと思う。俊介の父は院長、母はまだまだ美貌《びぼう》を保っている専業主婦、そして姉は入院患者から人気を集める看護師の岡桜子。病院の理事長を務める祖父まで応接間に顔を出したのだから、庶民の夕夏が縮み上がらないわけがなかった。

田舎者で地味な自分がこんな華やかな人たちと家族になっていいのか、と腰が引けた。そうやって弱気になったとき、岡桜子の言葉が力になった。

――よかった、本当によかった。私ね、俊介と夕夏ちゃんのことすごく気に入ってたから、ずっと心配してたんだよ。

挨拶に行ったとき、岡桜子は夕夏を一目見るなり泣き出してしまった。弟の婚約者に素知らぬふりをして接するのはつらかった、と彼女は心境を吐露した。少しでも記憶が戻るきっかけになればと思い、意図的に夕夏との接触を続けていたのだという。

——記憶が戻ってよかったね。お幸せにね。

便宜上、俊介の家族に対しては、「夕夏が俊介のことを思い出した」ということにしてあった。でないと、俊介が院長の言いつけを破って夕夏に接触していたことがバレてしまうからだ。喜んでいる俊介の家族の姿を見ていると、本当に記憶が戻ったような気にもなった。そして、ちょっぴり心が痛んだ。

今日は、俊介が挨拶をする番だった。正月に帰ったときに「今度婚約者を連れてくる」と話すと、両親と翼は目を丸くしていた。八月に再会してから半年も経っていないのに、突然結婚の話をされるとは予想していなかったに違いない。

『まもなく、上田です。しなの鉄道、上田電鉄はお乗り換えです。上田の次は、長野に停まります——』

アナウンスを聞きながら、夕夏は窓から注ぎ込む春の日光に左手をかざした。俊介から贈られた婚約指輪が、一回目のプロポーズから一年以上の月日を経て、薬指に輝いている。

駅に近づくにつれて、胸の鼓動が速くなってきた。来客に慣れている水上家の両親と違って、夕夏の両親は常に落ち着きがない。父は慌てすぎないだろうか。母はお節介を焼き過ぎないだろうか。翼が、二人の馴《な》れ初めを無邪気に聞いてきたりしないだろうか。

「――なんだか、心配になってきた」

「夕夏はどっしり構えててもらわなきゃ困るよ。実の娘なんだから」

「でも、六年も離れてたんだよ」

そんな言い合いをしながら、上田駅のホームに降り立つ。

駅前のロータリーに向かうと、久しぶりに帰省した日と同じように、銀色のミニバンの窓から翼が身を乗り出していた。「おーい！」と叫びながら手を振っている。

運転席の父が、陽光に目を細め、はにかんだように笑う。二人が後部座席に乗り込むと、車はすぐに動き出し、千曲川に沿って走り出した。

家までの三十分間、父はほとんど喋《しゃべ》らなかった。バックミラー越しに、父の緊張した面持ちが窺《うかが》えた。翼が他愛もない質問を俊介に投げかけ、子ども好きらしい俊介が優しく答えるうちに、時間が過ぎていった。

「ただいま」

玄関を入るとすぐ、夕夏は俊介の腕を引いて二階へと上がっていった。

「え、どこに行くの」

慌てる俊介に構わず、階段を上る。それから、廊下の突き当たりにあるドアを開けた。かつて星羅の部屋だったスペースは、綺麗《きれい》に片付けられていた。夕夏の私物を詰め込んだ衣装ケースを横目に、部屋の隅にある箪笥《たんす》の前へと向かう。

箪笥の上には、星羅の写真が飾られていた。もらい物なのか、星羅の好きだったクッキーやフィナンシェがいくつか供えられている。

「あ、この子が」

俊介がはっと息を呑《の》んだ。それから、ふっと表情を緩める。

「……星羅さんか。夕夏と似てるね」

「一卵性双生児だからね」

ふと、お菓子の横に、ハガキが一枚置かれているのに気がついた。差出人は『岩崎拓己《いわさきたくみ》』、住所は福岡県になっている。その名前にかすかな既視感を覚え、手に取って裏を見た。

今年の寒中見舞いのようだった。『毎年年賀状をいただいていたのに、お返しできずすみませんでした』という丁寧な手書き文字を読み、はっとする。

この人は、土砂崩れの日に夕夏を車の中から救い出してくれた、あの親戚《しんせき》のお兄さんではないだろうか。

『大学卒業後しばらくは会社勤めをしていたのですが、その後消防士に転職して、もう十年になります。ようやく娘さんたちに顔向けができるのではないかと思えるようになりました。お言葉に甘えて、今度また訪問させてください』

隣で覗《のぞ》いていた俊介が、「それは?」と尋ねてくる。

「親戚のお兄さん。……今度会ったら、きちんとお礼を言わないといけない人」

「子どもの頃、よく遊んでもらったとか?」

「うん。私も、星羅もね」

お兄さんからのハガキを星羅の写真の横に戻し、夕夏は胸の前で手を合わせた。

目をつむって、心の中で語りかける。

——星羅の代わりに、幸せになってもいいですか。

目を開けると、隣で俊介が同じように手を合わせていた。しばらくして顔を上げ、俊介がにこりと微笑む。「行こうか」「うん」と短く言葉を交わし、家族の待つ一階へと向かった。

「まったくもう、どこに行ったのかと思った」

廊下でそわそわとしていた母が、階段を下りる夕夏に非難の目を向ける。

「ごめんごめん。星羅に挨拶してきた」

「あら、そう」

途端に母の表情が明るくなった。

「もしかして、拓己くんからのハガキも読んだ？」

「うん。福岡から来る日が決まったら教えてね」

夕夏の言葉に、母が心からほっとしたような顔をした。

それから、全員でダイニングテーブルへと移動し、落ち着かなげに腰を下ろした。

こうやって顔を揃えてみると、水上家に訪問したとき以上にどう振る舞っていいか分からなかった。とりあえず、「婚約している水上俊介さんです」と紹介してみる。幸いなことに、あとは俊介が言葉を継いでくれた。「おいくつ？」「お仕事は？」という矢継ぎ早に飛ぶ母からの質問を、柔和な微笑みを浮かべたまま次々とさばいていく。

やがて母の質問攻めがいったん終了し、昼食を取ることになった。近所の小林さんにもらったという山菜をふんだんに使ったおこわや、地元の信州味噌《しんしゅうみそ》を使った魚の煮つけなど、母が気合いを入れて仕込んだらしい得意料理が次々と運ばれてくる。

さらに父が日本酒の瓶を持ってきて、「俊介くんも飲むよな」と半強制的にグラスに酒を注ぎ始めた。「えーっ、まだお昼なのにぃ」という翼の非難の声を、「僕、お酒は強いから大丈夫だよ」と俊介が笑ってかわす。

水上家で取り乱していた自分が恥ずかしくなるくらい、俊介はいつもどおりの爽《さわ》やかさで夕夏の家族に接していた。父とは涼しい顔で酒を酌み交わし、母の料理にさりげなく舌鼓を打ち、翼の脈絡のない質問にも丁寧に答えている。途中からは、もはや夕夏以上に俊介のほうが馴染《なじ》んでいるのではないかというほどだった。

「俊介くん、外見に似合わずけっこう飲むなぁ」

「はい。弱そうってよく言われるんですけどね」

「お味噌、お口に合う？　関東の味噌より、少し辛いと思うんだけど」

「とても美味《おい》しいです。もっといただいてもいいですか」

「ねえねえ、デートってどういうところですするの？　やっぱ、ディズニーランド？」

「うーん、僕が夕夏さんと行くならディズニーシーかな」

「あ！　分かった！　お酒が飲めるからだね」

「お、翼くん詳しいね」

すっかり安心して、夕夏は無言で食事を続けていた。このまま和やかに時が進めばいい。打ち解けた頃に、また散歩に出かけよう。翼がまた望めば、三人で。育った土地を俊介に見てもらって、それから——。

「あのさぁ、結婚って、いつするの？」

食事が終わり、母がいそいそとお茶を淹《い》れ始めた頃、翼が興味津々の様子で尋ねてきた。あまりに直球の質問に、俊介は夕夏にちらりと目をやって苦笑いした後、翼へと向き直る。

「あとできちんとご説明しようと思ってたんだけどね……一応、籍を入れるのは七月三十一日で考えてるよ」

「あ、お姉ちゃんの誕生日！」

「よく知ってるね」

「当たり前でしょ。弟だもん」

翼が腰に手を当て、頬を膨らませる。すると、何の前触れもなく、俊介がすっと背筋を伸ばした。

「お父さん」

「はいっ」

「お母さん」

「あ、はいっ」

向かいに座っている両親がかしこまった顔をして、俊介と同じように姿勢を正す。そんな両親と俊介の様子を面白がったのか、夕夏の横に腰かけている翼までもが、膝《ひざ》に手を置いて胸を反らした。

父の顔を、俊介が数秒間見つめる。身体をこわばらせている父に向かって、俊介がゆっくりと頭を下げた。

「きちんとお伺いするのが遅くなってすみません。……僕は、夕夏さんと結婚したいと思っています。僕たちの結婚を、許していただけますか」

「いやいや、許すも何も――」

アルコールですでに顔を赤くしている父が、真剣な目をして、ゆっくりと一つ頷《うなず》く。

「――大歓迎だよ。俊介くんが家族になるのが嬉《うれ》しい。どうか、夕夏を幸せにしてやってくれ」

「ありがとうございます」

また俊介が一礼する。夕夏はぽかんとして、斜め向かいの父の顔を見つめた。

俊介が例の通過儀礼を難なくやってのけたのも驚きなら、それを動揺せずに受け止めた父の姿はさらに衝撃的だった。俊介が真面目に訊《き》けば訊くほど、父はしどろもどろになるのではないかと予想していた。

——意外と、かっこいいところがあるのかも。

柄にもなく堂々としている父のことを、心の中でひそかに見直す。

翼が満面の笑みで拍手を始めたのを眺めていると、急に頬が熱くなってきた。「ちょっと、お手洗い」と告げ、夕夏は席を外す。

これから、どんな未来が開けていくだろう。

俊介と歩んでいく数十年を思い描きながら、洗面所へと向かった。洗面台の縁に手をついて、鏡の中の自分をじっと見つめる。

退院から八か月近くが経ち、痩《や》せていた頰は心なしかふっくらしてきた。目の下の隈《くま》も消え、唇の色も明るい赤色をしている。持木絵里花が褒めてくれたブラウンのアイシャドウは、やはり自分に似合っているように思えた。

星羅がもし生きていたとしたら、きっと今の自分と同じ顔をしていたのだろう——と、考える。

鏡の中の自分に向かって、静かに笑いかけてみた。星羅が微笑み返してくれたような錯覚に陥りながら、その場を離れる。

そのまま戻ろうとして、ふと足を止めた。食卓の方向から、小声の会話が聞こえてくる。

「夕夏さんに秘密にしていただいて、ありがとうございます」

俊介が、声を潜めて両親に話しかけているようだった。

思わず首を傾げ、耳をそばだてる。母が囁《ささや》いている声が聞こえてきた。

「こちらこそ……大変だったでしょう。夕夏が俊介さんのことを思い出すかどうかも分からなかったのに」

「今日もご無理申し上げて、本当にすみません」

「大丈夫。実家への挨拶《あいさつ》って、二人の人生の中でものすごく大事なイベントだものね。『娘さんをください』の重要シーンを忘れたまま結婚するのは、かわいそうだもの」

雷に打たれたような衝撃が、夕夏の身を貫く。口を半開きにしたまま、夕夏は廊下に立ち尽くした。

「それにしても、なかなかできる決断じゃないよな。病院で声をかけられたとき、驚いたんだよ」

「お姉ちゃんが運ばれた病院のお医者さんだったなんて、思わなかったもんね」

「あの節はすみませんでした。僕のことを知らないふりをしてほしいなんて、図々《ずうずう》しいお願いをしてしまって。——そもそも、僕がここの住所や電話番号をきちんと把握していれば、もっと早く夕夏さんが倒れたことを伝えられたはずだったのに」

「それはもういいのよ。夕夏は実家のことをほとんど話したがらなかったんでしょう。俊介くんのせいじゃないから」

「あのときも俺が上田駅まで直接送り迎えしたわけだから、場所が分からなくて当然だよな」

「俊介兄ちゃんが来たの、いつだったっけ？」

「七月です。海の日の三連休だったかと」

「ああ、そうだった！　すんごく暑い日だったよねぇ」

七月。――夕夏が倒れて入院する、一か月前。

ようやく頭の中ですべてが繫《つな》がり、思わず口元を押さえる。

不意に、いつかの会話が頭の中に蘇《よみがえ》った。

――水上さんは、長野には行ったことある？

――あるよ。

――どのあたり？

――どこだったかな。北のほう、かも。

――長野市とか？

そうではない。ここだったのだ。

今日は、二回目の結婚の挨拶。夕夏が脳腫瘍《のうしゅよう》の手術後に家族に会ったのは、六年ぶりではなく、一か月ぶりだった。

――お姉ちゃん！

そういえば、夕夏の病室に初めて家族が入ってきたとき、翼は夕夏の顔を見て迷いなく呼びかけてきた。夕夏が実家を飛び出したのは、翼が四歳のときだ。仮に覚えていたとしても夕夏の高校生以前の姿しか知らないはずの翼が、あれほど自信満々に駆け寄ってこられるわけがない。

——岡さんって、毎日すごく綺麗《きれい》にされていらっしゃいますねえ。

看護師の岡桜子に母が話しかけたとき、夕夏はその不躾《ぶしつけ》な態度に腹を立てていた。しかし、母と桜子は、互いのことを知っていたのではないだろうか。弟の婚約者の母。娘の婚約者の姉。そういう関係性の下、あの距離の近い会話が成り立っていたのではないか。

耐えきれずに、夕夏はリビングへと駆けこんだ。

「もう！」

密談している四人に向かって、腰に手を当てて一言投げかける。四人は一斉にテーブルから身を引き、慌てた様子で弁解し始めた。

「え、聞こえてた？」と俊介。

「ち、違うんだよ！」と父。

「トイレの音、しなかったのに」と母。

「お姉ちゃん地獄耳！」と翼。

「落ち着いて聞いて。夕夏に隠してたのには、ちゃんと理由があってさ」

俊介が両手を前に出し、夕夏をなだめようとする。

「だって……だ、大事なイベントを覚えてなかったらかわいそうだろ？」

父が口ごもりながら言い訳を繰り返す。

「今日のお父さん、一回目よりはだいぶしゃきっとしてたわね」

開き直った母が、父の言葉を遮る。

「昨夜もずっと練習してたのよ。俊介くんの『娘さんをください』に、今度こそかっこよく受け答えできるように、って」

「ば、ばらすなよ！」

「いいじゃない。夕夏のためを思ってやったことなんだから」

「で、でもさ」

「僕、俊介兄ちゃんとずっとメールしてたんだよ」

今度は翼が白い歯を見せてニイッと笑い、ピースサインを出す。

「病院で会ったときにね、連絡先交換したんだ」

「うん、そういうことなんだよ。夕夏、ごめんね。騙《だま》すつもりはなくてさ」

俊介が恐る恐る口に出し、上目遣いで夕夏を見上げた。四人の視線が、仁王立ちになっている夕夏へと集中する。

あはは、と笑い声が漏れた。

自分でもびっくりするほど大きく口を開け、夕夏は笑った。

四人は呆気《あっけ》に取られた顔で、しばらく夕夏を見つめていた。やがて、夕夏の笑い声は翼に伝染した。

両親にも。

そして、俊介にも。

河野家の小さなリビングの壁に、五人の声がぶつかり、発散する。掃き出し窓から差し込む昼下がりの日光が、腹を抱えている五人の髪や口を暖かく照らした。

夕夏は目に涙を浮かべながら、ずっと笑っていた。

——その場にいる誰よりも長く、誰よりも大きな声で。

本書は書き下ろしです。

君《きみ》の想《おも》い出《で》をください、と天使《てんし》は言《い》った

辻堂《つじどう》ゆめ

令和元年 8月25日　初版発行
令和6年 10月30日　5版発行

発行者●山下直久

発行●株式会社KADOKAWA
〒102-8177　東京都千代田区富士見2-13-3
電話　0570-002-301（ナビダイヤル）

角川文庫 21770

印刷所●株式会社KADOKAWA
製本所●株式会社KADOKAWA

表紙画●和田三造

ISBN 978-4-04-107866-2　C0193

◆◇◇